文芸社セレクション

一条の光

石綿　美代子
ISHIWATA Miyoko

文芸社

稀にみる真摯な人間性

石綿美代子さんは『架け橋』随筆部門正賞、NPO法人日本詩歌句協会随筆部門協会賞を受賞された随筆家である。

架け橋賞授賞式は平成三十年一月十三日（土）、東京都武蔵野市吉祥寺の中華料理店「聘珍楼」で華々しく開催されたが、その席に娘さんとお孫さんも同席されたことも主催者側としてはうれしいことであった。

「文芸家の会・架け橋」は平成二十二年四月に結成され、同年八月一日に「架け橋」を創刊した俳句と随筆のコラボレーションをモットーとした季刊誌である。

石綿さんがこれまでの随筆をまとめて刊行することは主宰者としてこれに勝るよろこびはない。

本巻に収められている作品は「架け橋」十年間だけのものではない。石綿さんの文学歴は長くそれ以前にも「日本随筆家協会」に所属して「月刊・ずいひつ」又「大法輪」へ随筆を発表していた。

当協会は作家の丹羽文雄氏、尾崎一雄氏、随筆家の澁澤秀雄氏が発起人となり（理事長・編集長は神尾久義氏）、文芸通信講座、文学書の刊行、「月刊・ずいひつ」の発行などの事業を進めてきたが、平成二十一年八月に前述の神尾氏が亡くなり解散した。

石綿さんは創刊メンバーではなかったが、二号から参加して以後、積極的に会合に参加し随筆を「架け橋」誌上に発表してきた。

「架け橋賞」の受賞はその熱心さの賜物である。

さて、石綿さんの随筆であるが、架け橋賞受賞作の「へんろ紀行」で分かるように一種宗教的である。が、ここではっきりとさせておかなければいけないことは、その宗教性が決して既存の宗教に属するようなものではないことである。

多難な人生経験の中から習得した石綿さんならではの人生に対する処し方なので、宗教というよりも倫理に近いかもしれない。それは「石綿教」ともいうべきユニークな世界である。とにかく真面目なのである。

その真面目さは作品の世界にいかんなく発揮されている。自分自身の体験を飾ることなく吐露している。このことが独自な作品世界を生み多くの読者を引きつけている。

最近は随筆だけでなく俳句へも触手を伸ばし作品の世界を広げているので、佳句を数句抽く。

昼間だけ一人暮らしの冬日和
薬師寺の東塔西塔秋の空
銀杏散る黄金一色老ひの庭
信仰の終は許しや蕎麦の花
姉弟組んづほぐれつ春の風

幼児の雑魚寝喜ぶ春の月
これほどの花を着せられ菊人形

二ノ宮一雄（文芸家の会「架け橋」主宰、公益社団法人俳人協会幹事、
ＮＰＯ法人日本詩歌句協会副会長、日本ペンクラブ会員）

目次

家族とのこと …… 15
元気一杯の子供達 …… 15
平成の矢、三本 …… 18
六十六歳の拳 …… 21
珠子の顔に書いてある …… 24
コスモス …… 27
箱木千年家に消える …… 31
今は幻のアルバム …… 34
母の弱さ　それが強さ …… 38
ゴールデン・クラブ賞 …… 44
親族の思い出 …… 48
萬屋百年 …… 48
袈裟がけの骨 …… 51
涙いろいろ …… 54
兄の思い …… 57
弟と私 …… 61

約束の涙…… 66
サッちゃんはね…… 69
一条の光…… 72

友人たちと…… 77
和ちゃんとハツさん…… 77
目指すはヨッちゃん…… 80
逃げない友情…… 82
悪友・安美ちゃん…… 85
伊藤農園と桂子さん…… 89
勝手に言葉が飛び出す─友人、ひろさんの事─…… 92
女の轍…… 94
すじがね入り…… 97
その時の友…… 99
幼なごころ…… 102
石に刻んで…… 106
泣いてフィナーレ…… 110

恋も人生の中…… 114
私の初恋─青葉茂れる桜井の─…… 114

私が赤エンピツ……115
転んでも只では起きたくない私……118
憧れの片想いは……121
アガペイの愛……125

私の思い……130

ことばの力―この世は死ぬまでの隙つぶし―……130
人生の旅を楽しむ……134
若林先生の治療法……136
節目節目にもらった一言……139
自然に還る勇気を……143
心の復興……146
怒り心頭に達す……150
石綿式介護法……154
不孝者めが居りどころ……157
心を耕す技術がいる……160
私の自由時間……161
生まれ替わり死にかわり……162
託していくために……166

祈祷師の心意気……170
法玄の使命……173
二人の運命鑑定……175
お茶碗の中はあと一口……179
さざれ石……183
青春の一齣……186
熱意……188
ドムさまのおかげで……192

信仰について……196
共に生きる……196
如来の網……197
空と無と信仰……199
神が望まれていること……201
もし、私達が互いに愛し合うならば……203
神様と懇意……207
神仏のたわむれ……209
我が家の仏壇物語……212
我が家の神棚物語……213

大いなる愛の前に……214
鉢合わせの巡拝……217
室戸で出会ったヤジさんキタさん……221
へんろ紀行─へんろ道伝言の有り難さ─……225
へんろ紀行─歓びの地歩を占める─……228
母の祈り……231
日切り地蔵さんへ願かけて……234
宗派を越えて……238
白い街道……240

英霊に捧ぐ……244

この絆こそ宝……244
民安かれ　国靖かれ……247
海の藻屑……250
後に続くを信ず……254
防人……257
未来へ……263
知覧にて……266
遥か虹の彼方より……269

一条の光

家族とのこと

元気一杯の子供達

引っ越した家から七分ほどで西宮北口の駅がある。その中間にキリスト教の教会が有った。その中に幼稚園もあった。

三男が一人で通園できるような近い所に、幼稚園を探していたので、教会を尋ねて、「クリスチャンではありませんが、受けさせて頂けますか」と、伺った。牧師さんが、「エエ、構いませんよ」

と、了承して下さった。で、当日向こう三軒両隣の感覚で息子を面接にやった。息子はご褒美と書類を貰って元気に帰宅した。入園後、

「子供一人で面接に来たのは、お宅が初めてです」

と、園長先生から言われた。

家からすぐ側に公園があり、多くの友達と遊べる良い環境の借り家住まいである。裏門と裏口を開けてやるので、子供達が頻繁に出入りして遊んだ。

可愛い顔をした小柄な木元君は親分肌で、元気一杯だった。幼稚園に入ったばかりでも

すでに、二輪車を乗り回していた。

それを裏口に置き、幼子の言いぐさとは思えない呼び捨てで、

「オーイッ　イシワタアーッ花札やろやァ」

と、叫んで入って来る。我が家は里の母がマージャンも花札も子供達に教えてやったので道具は有った。遊びに来た子供達が木元君に教わっている間、息子は木元君の補助なしの自転車を借りて、練習に励んでいた。

道幅が広く遠くが見渡せて、車の往来もめったにない格好な通りである。

花札も飽きて外に出て来た木元君が、自分の自転車に乗って遠くを走っている息子へ、

「オーイッ、イシワタアーッ言っておくけど、それ俺の自転車やからなァーッ」

と、怒鳴っていた。息子も又、お貸し下されで、なかなか返さず気がすむまで、遠くへ漕いでいくのである。

ある日、よく遊ぶ友達三、四人で駄菓子屋へ行き、アイスクリームを万引きしたらしい。

と、慌てふためき、たけし君のお母さんが駆け込んで来た。その中に我が子も木元君も居(い)た。

「どないしよう、主人に言われへん」

と、困り果てていた。万引きを教えたという子供のお母さんは顔が強張(こわば)っていた。

「明日、主人が名古屋から帰って来るから菓子折り持って、お詫びに行ってもらいましょう」

と、私はその程度の頭だった。事の次第を聞いた我が夫は固まってしまった。次の朝たけし君のお父さんと我が夫が、子供達を連れて被害に遭った駄菓子屋に出向いた。たけし君のお父さんが店に入って、

「おばさん、この子達昨日ここのアイスクリームを持っていって食べたらしいワ、これ何ぼ」

と、言って人数分払い、子供達に、

「なッ欲しいもんは、お金を払うて貰うんや、覚えとき」

で、この一件はすんなり落着した。その間にたけし君のお母さんから、

「それが石綿さん、主人に言うたら『オー勇気あるのォ、男は万引きのひとつくらい出来んと、生きて行けんぞ。万引きを教えてくれる友達はそうはおらん、こんな友達は大事にせえよ。まだ一人で買物した事がないからや、教えてやろう』って言うんですワ」

この予期せぬ報告に目から鱗だった。私は心身共に温められ、お父さんの莫(ばく)な感性に畏れ入った。皆に罪の意識をもたせず、菓子折等無駄に経費を使わせず、たけし君のお父さんは名奉行だと感服してしまった。

仏の慈悲を目の当たりにした思いで、私は只々有り難いばかりだった。お蔭でその後も変わらず元気一杯の子供達であった。昭和五十五、六年の事である。

平成の矢、三本

三十歳を越えた次男に、「良く育ってくれて満足しているわ。立派よ」と言うと、ムキになり、「なに言ってんの。そんなこと言ったら笑われるよ。俺なんかどうしようもない人間だよ」と自分を卑下して、それを私に認めさせようとした。

めったにほめないこれまでだったが、自信のなさそうな顔をしていたので、励ますつもりで、本音を言ったのだった。それでも、「立派な人間はたくさん居て、俺なんか追っつかないよ」と、念を押すのである。

両親の性格が正反対なので、子供たちも戸惑う事も多く、何事も対応に余裕が持てないのではと案じていた。「世間と比べれば、遠く及ばないのは分かっているわよ。この境遇で育ったにしては、ここまで育てば上等と言っているの」と説明した。

「そうか、それなら分かる」と、今度は笑ってうなずいた。手こずるが憎めない息子である。

何ヶ月か経って、地方に勤務している長男から、五月の連休に出てこないかと、誘いの電話をもらった。家族全員が、「行っておいでよ」と、すすめてくれる。

さっそく、娘が切符を手配した。それを握り締め特急「あさかぜ」になった気分で、東京駅に向かう。缶ビールと茹で卵を求めて、残っていたのは一枚だけだったというA寝台に乗せてもらった。私は緊張ぎみだった。子供は私にとって「ならねばならぬ」と義務感の対象となっていたのだ。

ところが車中の人となった私に、不思議なことが起きたのである。窓に映る自分が、浮き浮きして笑っている。子供に会いに行くことが、こんなにうれしいとは（罰が当たらないかしら）と過分な思いをした。子育て四十年の道のりが四苦八苦だったので、授かった子宝が苦の根元になっていたのだ。そのため、不思議な思いでこの喜びを味わった。

目的地の小郡駅に着き、改札口に向かいつつ、また不思議な気分になってきた。近づくにつれ、息子に会うのが恥ずかしくなってきたのである。だれかに会うのが恥ずかしいなんて、子供のころ以来であり、自分にこのような感性が残っているのだと思って、おかしかった。

階段を下りると、改札口で息子が手を振っている。聳（そび）えるほど長身な息子なので、すぐにそれとわかった。さっきまで列車の窓に映っていた自分と、同じ笑い顔で迎えられて、県庁の近くまで息子の車で市内を走り、モーニングセットのある喫茶店へ向かった。途中、山口出身の詩人、中原中也に出会いそうな、懐かしい情緒の一の坂川辺りを通って、落ち着いた店に案内された。子供のころ、よく小父さんに連れられて行った喫茶店を思い出す。五十年前がよみがえるのだった。そのときの少女が、いま息子とこうして、モーニングセットを前にして向かい合っている。幼いころと現在を重ね合わせた、不思議な気分であった。

瑠璃光寺の五重塔や、雪舟ゆかりの寺を拝観しながら、息子の説明を聞くのは最高だった。

旧県庁、萩焼祭り、毛利家墓所の大照院へと車を進めた。息子は私が喜ぶ所を知っていて、随時運ぶのである。その気遣いがもったいない。息子の小さな車が私にとっては大船であった。将来について語る内容は、うれしくてもまだ未知数である。だが洋々たるものでなくてもよい。あの境遇で育った息子が、ここまで来れば御の字である。息子の気配りは未熟なところがあっても、それが可笑しかったり、可愛かったりする。

そんな息子のアパートの掃除も洗濯もしてやれず、申しわけない気持ちで列車に乗る。切符とお土産を渡され、離したくなかった握手の手は堅く、まじめさが伝わる。

高いプラットホームからの声が届かず、駐車場へ向かう息子の後ろ姿へ合掌した。遠くまで見渡せる車を、私はいつまでも見送った。

感謝の旅を終えて帰宅後、続く就職活動でへたばりそうな三男に、毛利家の邸宅や庭園を拝観した時の感動を伝えた。

「あの館を見て、修羅道をくぐり抜け、殺るか、殺られるか血飛沫上げて辿り着いた人々のものだと、つくづく思ったわ。あなたも命がけかね」

息子はこれしきの事では、まだだめかと、うなずきながら笑った。私はいつも志を持つように言ってきた。なぜ、それが大切なのか、より早い日に気づいてほしい、と願っている。

その月の内に希望した職場から、奮闘した息子の許へ内定の通知が届いた。ほかの姉弟と同じように努力するこの息子へ、

「よくがんばってくれた。期待に応えてくれて有り難う。立派に育ってくれて感謝だわ」と、ねぎらいの言葉をかけた。なんと息子の返す言葉は、「いいえ、こちらこそ」だった。

それを聞いた途端、生涯の志は自分が持てばよいのだ、と気持ちを新たにしたのである。

六十六歳の拳

「この世で最も憎むべきもの、それは現実に折合いをつけてしまって、有るべき姿のために戦わぬことだッ！」

これはミュージカル『ラ・マンチャの男』の主役を演じる、当時の松本幸四郎の台詞(せりふ)である。

磨き抜かれた演技で、『憎むべきは、有るべき姿のために戦わぬことだ』と怒った時、心の奥深い所まで熱いものが注がれた。それ以来、この台詞は私の座右の銘となった。

長女が生まれて間もなくのこと、戦死した子煩悩の父のことを思い、どんなにいとおしくとも、どのような運命が待ち受けているか分からないのだ、悔いのないように育てようと思った。そのため、世間様にも可愛がって頂けるようにと、心底願い、働き者に育てようとして、私は気張った。

夫は十六歳で親元を離れ、志願した特別攻撃隊の兵士だった。出撃を待機していたその寸前に終戦となったのだ。私は自然の法則に従い、子育てこそ生命力と信じて家庭を築くことに専念した。そんな私の姿は、敗戦という大きな打撃により、信じるものを失った夫の刺激となって、間違いなく信じるに足りる相手であるかを、金銭で為した。確実に給料を渡されるべく立ち働いて私は強くなっていったのだった。やがて、その実績が（食わせてやっている――）と言わぬばかりの夫に対して（こっちの力を使って働いているのだゾ）と、無言でけんせいし合った。

内なる熾烈な戦いが始まった。頑張りが実るほどに、双方とも履き違えていって、誤りはここからだった。

大いなるものの怒りを買ったのだ。そのため認め合う感謝の心は失せ、各々力を入れたところを主張して、子供に押し付けることになった。両親が和気藹々（あいあい）で育てられない疚（やま）しさから、我が子が不憫でならず、私は人生の先輩や学校の先生を相談の対象とした。

春夏秋冬、朝昼晩の時を守るべく、母性本能をもって貫いた。そんな私に対して、夫は新しい時代と壊れそうになる特攻精神の間で、惑いながらも専門の技術開発に着手した。これを実用化する為の打ち込みようはすさまじいものだった。力は有っても他に注ぎ込む父親と、いつも独り相撲で期待外れの母親共々、怨みの対象となり、私は慰め労り合うことのできない、家族の不徳を噛み締めるはめとなった。子供たちは自分の世界を守ることに堅く、家族の絆を守る自然の感性が侵されていった。

定年後間もなく、四国遍路を計画して喜んだ夫は縁にならず、私一人で旅立った。二十一番札所の舎心山で、精根尽き果て座り込んだ時のことである。山の彼方に無表情で自分の後を追って来る、我が子の幻を観た。魂は抜け、身体だけが死に向かって歩かされている。その姿を観た時、己れの罪に竦んでしまった。人間の条件など皆無の幼子の顔に、私は地獄絵を見る思いだった。嗚咽となっても、私の涙は只一筋だった。決して泣かなかった一筋の涙で、大いなるものの怒りは解け、自分の罪に気づくことが出来たのである。

功徳を感じた時、いま生かされている事こそ感謝だと肝に銘じた。

そんな中を歳月が育てた子供たちは、母親の手も届かない波に乗って行ってしまったのである。

今は少女が危機感もなく身を売り、子供が自殺や殺人を犯さずにはおれないほどの、不安と恐怖におののいている。家の宝、国の宝を誰が護るのか！　国力(ちから)の源は子供なのだ。不安定な思春期であっても、頼みになる年齢だ。大切に育てよ！　今は三十代後半の息子も、「自分達が自由にやれるのは、要がしっかりしているから――」と言って、温故知新の仕事に打ち込んでいる。

娘は闇の中で出口を探し続けた母親を、支えたいと言って私の築いたものを活かし始めた。

先祖が心意気を命として築き上げた我が国の文化と教育に、先人も誇りを持って引き継いで来たのだ。日本の誇りを守るための大東亜戦争は、アジアを守るための人柱となったと理解している。戦後五十八年の供養と、戦争の語り部を先人より引き継ぎ、世界平和の手本を示すのは原爆を落とされた日本人の義務である。即刻家族の守りに立ち返り、忍び寄るものに隙を与えるな！　夫が誠をもって家族を守ってこそ、妻は手塩にかけて徳育できるのだ。親を荷負う背中を子供に見せよ！　真心の中で育った子供は、弱者を労り、祖父母を敬い、諫める力と物を大切にする心が逞しく育つのだ。これこそ永遠の命と信じて、諦めずに平和な時代であっても、私は身体を張ってきた。戦い終んで陽が暮れて来た今、一滴も残さず、子育てに燃えたことに、感謝できる。ここに私は主張する。

「祈りを込め、誇りを持って生み育てよー」と。

珠子の顔に書いてある

「寝ないよ……」と言いながら、娘婿が泣いている孫を抱いて、二階から下りて来た。

「どうしたの?」と、受け取ってはみたが、泣きやむふうもない。生まれて六ヶ月ほどの赤ン坊でも、感情が籠っていて、ただ泣くのではない。悲しそうに泣くのである。

それがとても可愛い。ぐあいが悪いようには見えないので、「よしよし」と、背中を軽く叩きながら、また二階へ連れて行った。

この日、娘は場所を替えて、床に伏していたのである。家の外装工事のため、経費の遣り繰りから障害まで、よくこなした。それが過労となったのである。

そういうわけで、ミルクを作りやすいそばに婿が寝ていた。泣きやまない孫に、おむつは替えたし、おっぱいは飲んだし、汗はかいてないし、と思い付くことをやってみるのだった。しきりに父親を見て泣くので、にぎやかな柄の赤いパジャマを着ていた婿が、「これが嫌なのかなあ」と、脱いだ。それでも泣きやまない孫に、大人三人が頭をかかえるのだった。見かねた娘が、微熱のある体をやっと起こして、そばにやって来た。

同居している長女一家のこの孫は、娘が四十歳近くになって授かった女の子で、珠子と名づけられた。

私は四十年前の嫁ぐ日、小さなお地蔵様を、念持仏として頂いて来た。このお地蔵様に手を合わせて、子供たちの無事を祈ってきたのである。婿が四国霊場焼山寺の中腹にある地蔵尊に詣でた折、何か感じるものがあった、と言う。私も念持仏に手を合わせていると、感じることがある。それは護られている確信となって、この孫はお地蔵様に授かった、と思っている。

よく笑っていつも機嫌のよい児が、何か言いたそうに、父親を見ては泣き、抱いている私を見ても泣きやまないのである。

娘はこの珠子を身籠って、八ヶ月検診の時「胎児発育遅延」のため、そのまま入院の必要あり、と診断された。

それからは婿と私が代わる代わる、産院へ見舞った。同室の人が次々に入れ替わっても、なかなか退院できずに、「牢名主じゃないけれど」などと、冗談が出ることもあった。静かにしていればよいのだったら、出産まで入院させてもらうほうが、私は安心だった。

しかし九ヶ月に入るころより、浮腫(むく)みが足から体全体に及んだ。専門家が付いているのだからと思いつつも、不吉なものがよぎった。息子に安産祈願のお四国巡拝を、急ぎ頼んだ。

それぞれの世帯を持っている子供たちも、再々見舞ってくれた。そのことに慰められ励まされて、私は洗濯ものや細々したものを届けることに精を出した。

娘は弟が焼山寺へ参るための切符が取れた、と聞いて、本当に安心したようすだった。だが、自覚症状のないことは不気味である。無意識とはいえ、私の緊張感は限界だったのか、我が娘、孫を生かそうとして、鬼気迫る姿となっていたらしい。

ただごとではない、と察した母は、

「ようすを訊くこともできないほどだったワ」

と周囲に漏らしていたという。

まもなく柔和な会話の中にも、浮腫みのきつい娘が、「もし、私にまさかの時は赤ン坊を優先してほしいの。私はもう四十年生きられたのだから……」と一言、なんとも落ち着いたもの言いだった。

それは厳かであり、身の危険を察したのであろう、このように言い切った娘とその周辺に、静寂を感じるのだった。覚悟のほどを見せられた思いである。母性本能は私に優るとも劣らない我が娘に、感無量であった。「……分かった！」と応えて、帰宅の途中にある八幡様に参詣し、安産を祈願した。そして、家では念持仏に只(ひた)すら祈ったのである。

予定日より二十日早く、中毒症状のため帝王切開となった。奇しくも、息子のお四国出立と同じ日になったのである。午後一時より執刀と決まる。息子へ一時間後の二時には、電話をくれるように言っておいた。

周囲の人々の祈りに守られて、一時四十四分、めでたく二〇四〇グラムの新しい命が誕生したのである。小さくても元気そうで、本当に私は安堵した。

巡拝の目的は願い事から、お礼参りに切り替えられた。娘は命がけで我が子を生かそうとしたのである。「子供は母の情を命となす」という。


そばに来た母親に抱かれた途端、珠子は婿と私の方を向いて、それはそれは、うれしそうに笑った。その顔を見て、私は目頭が熱くなった。娘も笑い、婿も笑った。

共に死線を越えた母子である。いつもの所にいない母親を案じて、探していたのだ。その母親に抱かれて、今度は得意そうに、「私に任せて！」とばかり、どんなに小さくても、「お母さんを守るのは私！」と、珠子の顔に書いてあった。

コスモス

小学校五年生の時、私は同じ組になった近くの同級生宅へ、時々宿題を教わりに行った。

ある日、宿題を終えた帰りに、コスモスの苗を貰った。短いけれどしっかりしたものと、痩せているが背の高いのと二本。私は思いがけない頂きものに喜んだ。

植え方を教わり、早速家から百五十メートルほど離れた所にある、祖母が耕していた畑の端を借りて植えさせてもらった。

それからは毎日楽しんで水を運んだ。満杯のバケツを、零さないように運ぶのは骨が折れた。気をつけても畑に辿り着いた時は、半分以上も減っている。そのため、繰り返し運ぶことになり、私にとって夏休みの良い日課となった。

日中のあまりの陽ざしに、枯れはしないかと心配になって、水を運んでいると、だれかが、

「暑い時に水をやったらいかん。朝か夕方にやれ。このカンカン照りにやると苗が弱る」

と、教えてくれた。それからは夕方になると、昼間の暑さに耐えていたコスモスに、早く水をやりたくて、素足（はだし）になって繰り返し走った。

やがて夏休みも終わり、コスモスを貰った友達の家を久しぶりに訪れた。そこは陽当たりの良くない、ひんやりした花壇だったが、あの時の苗が十五、六本植えてある。その先に三つ四つコスモスが咲いていた。

「アレェ！」と思いつつ、「これ、あのときの？」と訊いた。すると、友達は得意そうな顔で、「そうョ」と答えるのだった。私は、「ちょっと来て！」と言って、後はものも言わず、友達の手を掴んで走った。

走り続けるので「何、どうしたん?」と問いかけるが、黙ったまま貰った苗を植えてある豆花壇へ真っしぐらだった。

「これ見て!　貰ったコスモスこんなに咲いたんよ」と見せた。こんもり茂った茎から満開の花が風にそよいでいる。周囲に遮るもののない広い青空の下、燦々と降り注ぐ太陽に照らされて、あのときの可愛い苗が自分たちの背丈近くまで育っているのだ。息が止まったように唖然とした友達は、それでもすぐに我を取り戻して、「これ、うちがやった苗やからねッ、貰っていく」と言って、コスモスを摘みはじめた。

灼熱の太陽に枯らされてなるものかと、来る日も来る日も水を運んで見事に咲かせた満足感で、いくら摘まれても、かまわなかった。摘んでも摘んでも、まだいっぱい有るコスモスだった。

子供ながらに自然へ挑んで、二本の苗に丹精込めた自分の姿が、今も思い出される。良い体験をさせてもらった。


息子たちが中学、高校と思春期を迎えたとき夫が単身赴任となった。私は子育てを担任の先生や人生の先輩に相談しながら励んだ。ところが、表向きの努力は実ったものの、見えなかったものまで、表面化したのである。

これまで慰め支えてくれた次女が、いつのまにかN宗に入信していたのだ。不覚をとった私は激怒した。そして反省もした。だが反省のしようのないほど、石橋を叩いてきたのである。事情が変わらない限り、時が逆戻りしても、同じ事をするだろう、と思った。

生真面目だが、ふくよかな色艶の欠けた娘が気になっていたので、

「努力のし過ぎじゃないの？」

と言うか言わぬうちに、

「なら、そっちが止めて！　お母さんが努力するから、私も止められない！」

と、切り返されてしまった。これは大変な衝撃であった。かと言ってどうすれば良いか分からずに、何の知恵も湧かないのである。

自分が踏ん張ってこの屋台骨を支えてきたと自負してきたが、その実、子供に支えられていたのだ。子供も限界だった事を、私はやっと認めた。とはいえ、次女の行く末を案じるあまり、可愛さ余っての親心に、潰されるならそれまでの運だとあきらめてもみ、親の情を活かせたら偉い、と娘の生命力に悲願を込めるのだった。私は娘の運命を支配しようとするものに向かって、「潰せるものなら潰してみろ！」と腹を据えた。足抜きできそうにない娘を救いたいばかりのある日、『ああ無情』のテレビドラマを見た。その中で、「コゼットはジャン・バルジャンの手に縋り、ジャン・バルジャンは神の手に縋って逃げた」と、語り手の言葉を聞いて胸が詰まった。私はジャン・バルジャンなのだ。だが己れの限界もあり、子供たちはどのような運命を生きるかしれない、と考えた。

この娘から、「もォー、飽くなき追求するんだからァー」と言われた事があった。どこで生きてくれても、安心して委ねることができるように、そんな親になりたい、と思い直

した。今度は自分を育てることに切り替えたのである。

照り付ける太陽に向かって立つ、いじらしい苗に水をやり続けた私へ、応えてくれたコスモスを思いつつ――。

箱木千年家に消る

平成二十年九月七日朝、娘と孫と三人で仏壇の前に座り、「今日は、お父様の誕生日だワ」と言いながら、お線香と灯明を供えた。「亡くなっても誕生日を言うのか」と笑われつつ。

その夜、長男から、「金田のお舅さんが亡くなった」と、嫁の里の訃報が届いた。私の体調は芳しくなかったが、最後のお別れをさせてもらいたくて、仕度を始めた。献花や弔電を急ぎつつ思った。息子夫婦の互いの父親は九月七日が、一人は誕生日、一人は命日、何か意味があると。しかも、この朝、里から兄が訪れて、十ヶ月前に亡くなった母とは、今もって確執が残ると、吐露して行ったのだった。私は九月七日の三人の因縁が、非常に気になった。

翌朝、明石まで順調に運び助かった。最後のお別れに、献花を棺に供える方々の多くが、ハンカチを顔に当てていた。「叔父さんには可愛がって頂きました。おばさんにも良くしてもらいましたけど、叔父さんには本当に――」と惜別の声が、至る所で囁かれる。嫁のお母さんからも、夫婦愛が伝わるお別れの言葉は、「お父さん、長い間有り難う」だった。

棺は弟さんや、息子さん、甥ごさんたちに担がれて、多くの身内に見送られた。お伽(とぎ)の席で御挨拶に回ると、四国にお住居(すまい)の純朴な嫁の叔父さんが、「人に喜んでもらったら、こちらが三倍も嬉しい。人を困らせたら、その三倍こちらが苦しむんだ。生きる事は真心が一番なんだゾと、それはしっかり息子たちに言って来ました」と、力を込めておっしゃった。「お大師様に教えられているみたいです」と、伝えるとテレておいでだった。

私は母と兄が哀れで、寒い思いをしていた。それを、仏となったお父さんが、「皆に温めてもろうたらええが」と、一人一人に紹介して回ってくださっている、そんな気がして、胸が詰まった。

三年前、長男と嫁が家族顔合わせの席を設けた折、お酒の回った金田のお父さんから、「娘とは二年も口を利かなかったことがあるんです。吾朗さんが『二人の間に入って、話をしてみましょうか』と、言ってくれてんけど、そうもしておれんで、僕が折れたんですワ」歯ぎしりしながら、父と娘の確執があったことなど私に聞かせてくださった。

悪態をついても幾度も、「そんな娘ですが、宜しゅうお頼みします」と、手の内を見せられた。親心が熱く伝わり、この縁を疎かにはできないと思うのだった。

明石城前のホテルを用意されていたので、一泊することになり、翌朝、長男につきあってもらって、城跡を散歩した。

お城の歴史を興味深く聞いていると、現在残っている日本最古の民家が兵庫県にあることを知った。時間があれば案内すると言われ、「そうしたら、ええが」と嫁のお父さんから勧められた気がした。私の心も（行きたい！）と浮き立ち、亡き両親からも、（そうしなさい）と勧められているような気分になった。

早速、神戸北区の山田町衝原へ向かって、有馬行きの電車に乗った。そこは、呑吐ダム建設のため、当所より東南方へ七十メートル移転され、復元した箱木千年家だった。

何と五十一代目子孫、箱木真人氏が受付に居られたのだ。息子共々感激であった。

室町時代初期に建築された母屋と江戸中期に建て増しした離屋、江戸末期に建てられた土蔵と共に国指定重要文化財の箱木家住宅だ。その前に立つと膝の痺れも忘れて、侵してはならない世界へ、歩を進めるようで神妙になった。

中に入って息子の説明や、テープを聞きながら柱に有る切り込みや溝、竹と綱で組み上げられた天井、鉈で削った板張りなど、一手間一手間念の入った作りを拝見した。しばらく居ると、風雪に耐えた六百年の時間が語りかけて来たのだ。（古人の心意気を慕い、人々の敬う心が、この家を守って来たのだ）と、私はこの箱木家の御先祖から、何か頂戴した気がしてならなかった。

二年前のこと。初孫を目の当たりにして悦びながらも、姑の私が抱くまでは、決して抱かなかった事を知り、胸が詰まった。そんな嫁のお父さんと、箱木千年家が繋がったのだ。私はこれに消り確執など切り捨て（敬う心を引き継ぐ）と、心に決めた。

すると、千年家の霊気から注がれたものを受け取った気がしたのである。

私が原稿をここまで書いて、しばらくすると『ラジオ深夜便』からトランペット奏者、ニニ・ロッソ特集が始まった。生前、夫がよく聞いていた、私も大好きな調べが流れてきた。(書けたか)と夫に促されたように、私はリキュールと煙草を持って来た。「ニニ・ロッソで、いっしょに飲もう」と、夫に犒(ねぎら)ってもらっている気がした。

続いて煙草に火をつけ、二本三本と吸っては揉み消して気づいた。煙草を好んだ母と金田のお父さん、そして生前父親との確執に悩んだ夫と私の四人でしみじみニニ・ロッソを聞いている、そんな実感だった。

今は幻のアルバム

平成六年の秋、五十年ぶりといわれる坂井さんから電話を頂いた。戦後間もなく銀座の十字屋へ、夫は坂井さんの部下として就職していた。間違いなくあの石綿家であるかを確かめて、自らもまた説明される。食糧難のころに石綿家を訪れた折、カレーをよばれた事や農家なので帰りに野菜を持たせてもらった事などもあったようだ。

坂井さんはすでに、七十歳を越えたので、身辺整理を始められたらしい。「古い手帖に石綿さんの名前を見つけて、とても懐かしくなりました。消息を急ぎ区役所で確認を取り、電話させてもらいました」と、いう事だった。

「ご主人は海兵に居られたんですよネ」

「ハイ、そうです」

「後一週間終戦が延びていれば、出撃していたんですよネ」

海兵の事をよく知らない私は、兵学校でまだ生徒なのだからと思い、「出撃？」と問うと、「ええ出撃です。魚雷に乗って」と言われる。私の知っている限り夫と、特攻が繋がらず耳を凝らして「…魚雷って…」と恐る恐る「…人間魚雷ですか…」と問い返した。

「そうですよ。そのための特訓を受けていたのですから」

と、坂井さんは力を込めて答えられた。人間魚雷と聞いた途端、涙が滝のように溢れて息苦しくなり、嗚咽となったのである。泣いてことばが出ない間（そんなものに乗れば死んでしまうじゃない！）と、心は終戦当時の小学二年生に戻っていた。

今から出撃する、と聞かされたように泣きじゃくったのだ。突然泣き出したので戸惑われたことだろうと、申し訳なかった。

気が付くと私は、「ただいまの事聞かせて頂きまして、主人の謎が解けました」と言っていた。

坂井さんは「……そうですか……ご存知なかったですか」と、労わるように、「僕は陸軍でしたが、同じ戦争を体験しているので、二人でよく語りあいました。彼は幼いころの事も話しましたヨ」と、いろいろ聞かせてくださった。

私は「お電話戴いた事申し伝えます」と失礼した。
間も無くして、夫は来週の木曜日帰宅すると名古屋から電話してきた。即刻、坂井さんの一件を伝える事は出来たが、私はあれほど泣いた自分が不思議でならず、しばらくは座り込んでいた。

それから八年後の平成十四年五月十三日、幕張プリンスホテルにおいて、海兵七十五期三一〇分隊の同期会が催された。夫が亡くなり四年目にして、やっと生前のお礼を申し上げる機会が訪れたのである。当時の教官ご夫妻もご臨席くださって、ご挨拶出来た事は光栄だった。

初めて参加したので挨拶の指名を頂いた。坂井さんから伺った事を申し述べると教官は、「私の挨拶はすみましたが、一言言わせてください」とおっしゃって、「風雲急を告ぐ時局となっておりました。石綿君が僕の所に来て『特攻に志願させてください』と言いました。…僕は……そうか……志願するかッと言いました……」と、聞かせてくださった。

教え子に深い思いで答える姿が、再現され、正に若き日の夫の姿が、教官に申し出たその場所へ、私もいるように感慨深かった。

分隊の方々からも、当時の思い出を聞かせて戴き、亡夫の供養になったと有り難かった。

新婚のころ、夫の小さな書斎で海軍兵学校の生徒の写真を見つけた。充実した若鷹が凛としている。一生の内で一番立派な時期であったと見える。本当に夫だろうか、と思った。

ところが家を建て替えるためのドサクサで、これを消失してしまったのである。子供たちに見せてやれないまま残念で仕方ない。幻のアルバムになってしまったのである。

海兵といえば私が一年生のころ、兄と二人で祖母のいる八幡へ行っての帰り、日豊線へ私たちが乗り込んだ中に、海兵のお兄さんたちが四人一緒に座っていた。格好良い四人をもの珍しく眺めながら、幼い女心が、進行方向に向かって座っている窓側の人が良いなァと感じた途端、少女の気持ちに気づいたのか、その方は、

「いらっしゃい、抱いて上げよう」

と、私を招いて膝に乗せてくださった。嬉しくて固まってしまった事を覚えている。

兄も、向かいの方が席をずらして、掛けさせてくださった。混んでいたので兄も座らせてもらってホッとした。

生前、この思い出を夫に語ったことがある。冗談半分に、「もしかして、あれは貴方じゃなかった?」と言ってみた。「いつごろ?」と真面目に問うので、「春休みだったと思う」と言うと、懸命に思い出そうとしていたが、「そのころ九州へは行っていないなあ――」と、残念そうだった。

「オオーあの子だったのかァ」

と話を面白くすれば良いのに……と、こちらも残念でならない。

坂井さんから人間魚雷の話を聞かされて、自分でもびっくりするほど、私は泣いた。しばらく考えて、あれは夫の涙だったのではないだろうか、とそんな思いになったのである。

母の弱さ　それが強さ

「母の弱さ　それが強さ」これは、耶馬溪（やばけい）は雲八幡宮の宮司さんのお言葉である。
平成二十一年四月、七十歳を過ぎた私が脳腫瘍の手術を受けた。退院して二ヶ月まだ伏せりがちの七月だった。同居の長女が足を骨折して休職となった。

松葉杖が突けるようになって、職場に復帰出来た。が、周囲が認めても本人は納得せず、脅（おび）え始めた。そして鬱（うつ）病になったのである。

その内、親を見失った迷子のように恐れ戦（おのの）き、これでは、仕事にならないと言う事で次男に付き添われて、辞職願いを出して来た。

御面倒をおかけしたにも拘わらず、上司から復職の手続きや別のつてまで教えて頂き、その温情は身にしみた。

パニックになった長女のために、妹弟も駆け付けてくれた。そして、神の化身のような近所の大藤様とおっしゃる救い主が、現われた。まだまだ床に就いている方が多い病み上がりの私と鬱（うつ）病に怯える娘、病んでしまった二人を見る、小学三年生の孫娘がどれほど辛く、不安であろうかと身を切る思いだった。

正に生き地獄の三年間だった。その間、大藤様は専属医師のように、的確な指示を注ぎ続け、絶対なる信頼を与えて下さった。

娘は離婚していて、弱った母親は年金暮らしで頼れず、娘の責任問題は我が子をどうして育てていくのか、さらに、長女として妹弟に対しても面目が立たず、絶体絶命となった。精神の病は目途が立たず、呻（うめ）き震え怯える娘との二十四時間体勢の私は、自分も鬱病になりそうで危うい現実となった。

怯え続ける娘に「これほど、皆に手を差し伸べてもらっているのに、有り難いとは思わないのッ」と、詰めた。なんと、「皆の誠意や好意が注がれれば、注がれるほど、それがみんなブラックホールに吸い込まれて、もっと怖くなるのよ」と、この返答に私は、「ブラックホールって何？」と、初めて聞いた言葉にどう言ってやれば良いのか、まったく分からなかった。すると、分からない筈の私が「全てに感謝しなさい、感謝が足りればブラックホールは埋まるッ！」と、喝を入れていた。

起きてもすぐに横になる私の体力だった。そんな状態の中で、これまでの人生百戦連敗と、子供から言われて、それでも戦い続けて来たのである。心血を注いで育てた娘が、離婚だ鬱（うつ）病だなんて我慢出来なかった。来し方を振り返っても、あれより他（ほか）無かったとしか言いようがない。

情報機関や体験している最中の方から、治療法を教わっても、生ぬるく当たらずさわらずの方法ばかりで、教わっても生殺しの治療法に莫迦莫迦しくなった。積極的に関わってくれる次女や次男達も、先の見えない長丁場に疲れて、当然遠のいていく。私はそれならと考えて術後の体を奮い立たせ、厳しく育てて来たこれを、更に強化した。自己流で思い浮かぶ方法からやっていった。

まず、体から出たり入ったりして怯えている魂を現実に引き戻すこと、それには安心して魂が肉体に嵌れるように徹底した。

互いに心の消息を把握する事が最も大切。家族皆がである。具体的には必ず「お早う」「お休みなさい」を言い交わす。「頂きます」「どうぞ」「行って参ります」「行ってらっしゃい」「只今」「お帰りなさい」等々、どんな些細な事でも報告、連絡、相談、挨拶を、忘れるとそれはもう、こっぴどく叱った。鬱病の恐怖より、母親の叱責の方がもっと恐怖だったと言い、本人の口から「そのお蔭で現実に戻ることが出来た」と言ってくれた。

正に娘の病魔と私という母性本能の一騎打ちのようであった。

川柳にある〝井戸のぞく　子にあり丈の母の声〟。又、ある時は娘と孫に仏壇の前へ座ってもらい、「悪霊！　この体から出て行けッ！」とこれを繰り返し、その間本人にはお経を唱えてもらった。私は祈祷師のごとく、「立ち去れッ！」と、お数珠が千切れ飛ぶほど、ぶっ叩いた。すると、娘が力の入った声で「貸して、私が自分でやる」と、言って手を出した。その時、立ち直ろうとする娘の意志力に、手応えを感じたのである。私はそれに縋る思いだった。

これらの事は一部始終、娘からも私からも全て大藤様へ報告して、指示を仰いだ。

さらに、大藤様のお宅は八幡様の隣である。困難な時は神社へ走り、祈願しておみくじを引き、神のお導きと判断の上慎重の上にも慎重、そんな大藤様の真心に家族で縋りついていた。

が、こちらも、いくら気丈とはいえ見通しのない現実には限界が来て、とうとう破れてしまった。「鬱病の母親に子供を育てられるわけがない。この家族に明日はないのよッ！　だから、私の目の黒いうちにこの孫を何処からでも必要とされる人間に育てておこうと思って必死なのが分からないかねッ！」死という言葉はくれぐれも禁句と言われていたのだが「さっさと死んでしまいなさい、育てにくくてしようがないッ！」と、怒鳴りつけてしまった。

穴蔵に入り込んで怯える娘の魂に、母性本能を叩きつけた。あれだけ気を入れて育てたのだ。口では死んでしまえ、でも（死ねるものなら死んでみろッ！）と、己れの執念との闘ぎは壮絶だった。

さすがに怒鳴り疲れて、テレビの前に座っている私の所へ孫が来て、「七夕様の短冊に書く、お願い事が決まったの」と話す。他人の願い事を訊くものではない、と知りつつ、つい「何て書くの？」と、たずねると、「お祖母ちゃんのような人になりたいですって書く」と、言うのだった。怒鳴り散らした後なので「お祖母ちゃんの何処が良いの？」に答える孫は、はにかみながらも「本物の愛情というか、愛情が本物だから——」と、これには吃驚した。

そこへ、お風呂から上がってきた娘へ「鬱病の母親が育てた子供は真眼が開いているワ、私を見通しているのよ。貴方こそ最高の母親だわ」と言って、思いっきり孫を抱き締めた。私はすっかり機嫌を良くし、怒り甲斐があった事を悦んだ。又「お母さんがこんなになっているのに、良く頑張ってくれて有り難う」と、娘が孫に語りかけると、「どういたしまして。お祖母ちゃんはもっと頑張っているよ。お祖母ちゃんと一緒に居て良かったねェ」と、言ったという。

このような孫の存在が、私にとって強い免疫力となっていった。

己れや娘の事よりも、孫を守りたくて気をゆるめなかった。孫も良く私の言う事を訊いて、それを守った。このような現状は娘の安心となっていったようで、魂が体に戻ったように、病状が軽くなってきたのである。とはいえ見る見るというほどではない。が、軽い日又ぶり返す日の繰り返しで、冬から春に向かっての三寒四温のようであった。

次女も娘と孫を暫く預かって、緊迫した私達をほぐし休ませ、労ってくれた事は感謝だった。私への労りも頭が下がる思いだ。見守ってくれる息子達の祈りも強く感じた。

つくづく思った。たまには一大事が起きるのも悪くないと。それは捨て身で育てようとした孫から、免疫力さらに快復力をつけてもらったと、確信がもてたからだ。

お蔭で足しげく通った職安で娘は三年目にして、探して頂いた今の職場に受け入れて頂いた。四年目には職場より海外旅行までお連れ頂き元気に帰国出来た。先生を始め職場の皆様がどれほど寄りそって下さった事か、お礼の言葉もないほどである。

娘には職場での一日、孫は学校での一日、家に居る私の一日を報告し合う、その日の無事を感謝する、これに気を抜くことはなかった。

大藤様より家族の団結の大切さ、愛情の強さに従って治っていく事をしっかり教わった。

家族もかなわないほどの真剣さは、かつて同病のご家族を看られた経験がお有りだった由、この御恩は決して忘れてはならぬと心に留めている。

　母親の側で寝ている孫は、毎夜呻く母親のために寝不足のようでも、気になるらしく「お祖母ちゃんと寝よう」と言っても来なかった。今は毎日聞いていた「眠れた？」も、心配なくなった。

　死にもの狂いだった私へ「これほど、愛情を掛けられる家族はいないのです。ほとんどが逃げ腰、さわれない、そして仕方なくなのです。家族は相互理解、同時進行を一致団結して、これを決行のみ」大藤様のこのお導きが私へ「突き進めッ！」と、神さまからの檄のようであった。大藤様から核心に追い込まれ、私は知らず知らず、深い処まで温めて頂いていた。ずい分冷え切っていたようだ。そのため、いつまでも温もりたくて暫くは、黙したままで居た。

　歳七十過ぎて術後まだ寝たり起きたりの弱った体でも、若い頃はこの子達どうする、今はこの孫どうなるの連続で生き続けている事を思うと、自分だけ生き残るつもりはないが〝共に死ねるか〟それこそが共に生きる極意と考えるので、ならばこそ〝生きたいのか死にたいのか、はっきりしなさいッ〟と、私も檄を飛ばしたいのである。

　以前、救いたい一心の母親が、長女から見ると「燃え盛る炎のようで、怖くて近寄れなかったけれど、思い切ってその中に手を突っ込んでみると、ポカポカと温かいだけだった」と聞かされた事があった。

家族は浮くも沈むも、運命共同体である事がよく分かった。そして、学歴でも稼ぎ高でもない、守ろうとする本能こそが命であり、母の強さだと、これを掴むことが出来た。今は鬱病様々で全てに感謝できる歳になったのである。合掌。

ゴールデン・クラブ賞

三男坊が小学三年生の時、世田谷少年野球チームの弦巻ドラゴンズに入れてもらった。おそろいのユニホームが擦り切れ、泥だらけになって帰って来る。燃える子供たちがいじらしく、練習のため親たちも、グランドの確保に当番で順番待ちに並んだ。

その中に当番でなくても、毎回列に並んで協力を惜しまない鰐田（わにた）さんがおられた。あるとき、ご自分の持病を淡々と語り、その苦しみ辛さを知った私は唖然とした。不調を押して子供たちの楽しみを守り続けていたのだ。子供を愛することで痛みを緩和させているのであった。

小学校卒業に当たって、チームのお別れ会を持った。ホームラン賞、盗塁賞、敢闘賞等々、それに相応しい活躍をした子供たちの名前が呼ばれて、メダルを渡された。

最後にゴールデン・クラブ賞が残った。監督さんがニコニコしながら、

「さて、ゴールデン・クラブ賞になりますが、皆さんも、これは誰にと気になっていることと思います」

とおっしゃって、一同を見渡した。クラブ賞は二個用意されていた。

「一つは鰐田へ、試合には一度も出してやれずじまいでした。それでも鰐田は無欠席で最後まで来て練習をしました。レギュラーが休んでも鰐田が控えているから安心なのですが、鰐田に休まれると後がいないので心配でした。それが、いつも一番に来ているので、私はどれだけホッとしたか知れません。そんな鰐田へゴールデン・クラブ賞を決めました」

黙々とやり続けた鰐田君へ、皆の力強い拍手がもん句なく注がれた。拍手が終わると次に、「もう一つのクラブ賞は石綿へ」と言われた。どういうわけで我が子が選ばれるのか、私は全身を耳にした。

監督さんはまたニコニコとして、

「成績が思うように出なかったり、練習にもたつくと僕も癇癪を起こして子供たちを怒鳴り付けるんです。子供たちもくたくたになった上に、怒声を浴びるので沈んでしまうんですョ。さんざん絞った手前こっちも引っ込みがつかなくなって、イヤーな空気になるんですねェ。そうすると決まって石綿が、それは突飛な声を出して歌い出すんです。すると皆の抑えられたものが爆笑となって気が晴れるんです。それには僕も助かりました。それで、もう一つのクラブ賞は石綿に決めました」

との説明に、監督の温かさが身に沁みた。監督をはじめコーチの方々の有り難い育みのおかげで、安心して託せる仲良しの良いチームだった。

次男坊はというと、感情的、感傷的な傾向があり、独善的表現が強くはがゆいところもある。そんな息子がまだ二十代の半ばでたいへん頑固な地主さんと、不動産の件で交渉に業を煮やしたことがあった。意を尽くして手を尽くしても頑として聞き入れてはもらえなかった。あまりの難しさでヘトヘトになり、情けなくなったところで、地主さんも若いころ、とことん裏切られたため、容易に人を信じないことにした、と真実を聞かされたそうだ。

「この地主さんは八十歳になっても、まだ世の中が信じられないんだ。と分かったら可哀想になって、俺だけでも、世の中捨てたもんじゃない、と思わせてやりたかったよォー」と私に訴えた。義憤の無い人間を嫌う私は、息子の特性が活かされた出会いに感謝し、地主さんに合掌だった。結果的には息子の思いは通じて応えてもらったそうだ。絆（きずな）のとり方を覚えてほしい私からいえば這えば立て、立てば歩けの親心はまだまだあるが、ゴールデン・クラブ賞をやりたい次男のできごとだった。

長男は、「まわりも皆そうだから良いんだ、僕結婚しないよ」と呆れたことを言っていた息子だった。それが突然、「転勤先に一緒に来てくれる女性（ひと）にめぐり会ったから紹介したい」と言って来た。彼女は、「何も分かりませんから、私もお姑（かあ）さんの大切にして来られたものを、大切にしたいので、教えてください」と言う、そんな嫁を連れて来てくれたのだ。今度は長男から、私がゴールデン・クラブ賞を貰った気持ちになった。そしてその一年八ヶ月後には、出産予定の朗報がもたらされた。

私はそのころ、億万長者を夢見て、初めて宝くじを買い、仏壇に供えて毎日捕らぬ狸の皮算用に力を込めていた。息子からこの知らせを貰って、早速先祖に報告し、安産祈願していると（当たったァ！）と思った。

私に授かったものは金銀財宝ではなく、子宝だったのだ。欲から出た真実だった。いずれにしても一心に供える読経に、仏が応えてくださったという気がする。何と！　長男夫婦が嫡男に命名したのは「心（こころ）」だった。

親族の思い出

萬屋百年

平成十六年二月、福岡県八幡東区荒生田の父の里である萬屋呉服店が、創業百年の歴史に幕を閉じた。都市計画により、三月から取り壊しとなるゆえであった。

閉店と挨拶のため、おばから先祖供養の案内状が届いた。

二十四名ほどの身内が集まり、私は惜別の思いと共に、生まれ故郷を見納めた。

創立者である祖父の萬田要造は、明治十六年に生まれ、福岡県築上郡高浜から、幼少のころより志を立て、裸一貫で家を出た。丁稚、番頭と頑張って小倉神安呉服店にて、商いを身に付けたという。

徴兵検査を前に退店、日露戦争に従い、後に角ウサと祝言を挙げ、新たに行商から始めた。明治三十八年八幡徳広町に店舗を開き、間もなく転居した境目町にて、四十年に父を頭とし、十三人の子宝を授かった。その間、大正三年に荒生田に店舗住宅を新築した。

祖父は帰郷の折など、神社仏閣への思い切った奉納と、それぞれに土産を用意して、故郷を大切にしたそうだ。祖父は、母が嫁ぐ前に亡くなっていた。

祖父五十回忌法要記念追想録より抜粋していくと、「言葉よりも態度に、振る舞い、そして行動によって人を感動させた。家庭の躾は頭で理解させるものではなく、幼年期において、しっくり身に付けさせるものとした。心身の鍛錬を仕込み、働く事によって根性を養い育てるものとした。妻と共に辛苦を乗り越えての成果は、故郷の村の模範的人物として崇められていた。仏教への信仰篤く、宗教的信念からして、何事にも屈する事が無かった。」と、祖父の従弟に追慕されていた。豪放磊落、この一語に尽きると、故人を知る人々から聞いた、母の所感に至るのだった。

創業二十七年間で商いの基礎を作り、好きなお酒に誘われたのだ。四十八年を生き急いで、夭折した二人の息子の後を追ったのである。

父親の終焉を見届けた四男の叔父が、後に、

「育ち盛りの十一人の子供を残して、夫に先立たれた母の苦闘が、折りしも吹き荒れる不況の嵐の中で始まった。」と、記録している。

祖父亡き後、商い上手の長男と三男が祖母を支え、黒崎へも支店拡張に及んだ。そして、昭和十六年、私の弟が生まれて百日目に、父と独身のこの叔父は続いて出征した。次男の叔父は養子となって家を出ていて、そのため四男が家業を継ぐ事になったのである。

頼みの綱を次々亡くした祖母の縋る先は、親鸞上人の「南無阿弥陀仏」であった。私は祖母の読経の調まわしが大好きだった。そんな祖母は、叔父や叔母たちと福岡県の鳥越に、私たちは母の里、大分県の中津へと疎開することになり、そのまま離れ離れに暮らすよう

になったのである。

祖母たちの疎開先の近くに杜が有った。そばを通った近所の方が、「ばあちゃんが、二人の名前を呼んで泣いているから、労わってあげて――」と知らせてくれたそうだ。父と叔父の戦死は、気丈な祖母をも慟哭させていたのだ。一人、森の中へ駆け込んで……。

やがて終戦となり、戦火を免れた荒生田の家に戻った。四男の叔父夫婦は、祖父と二人の兄に負けない大黒柱となって、商いを復興した。これを支えた兄妹をはじめ、縁やゆかりの人々が心血注いだこの店も、戦後六十年の歳月の果てに、大きな仏壇共々潮が引くように、三月には跡形もなく取り壊されてしまった。創業百年にして、萬屋呉服店は幻となったのである。

追想録の中に、祖父が柿を買い求め、車中乗客の一人一人へ配る姿に、供をした叔父は恥ずかしかった、と記していた。祖父が、世間へ気遣う姿は、多くの得意先を獲得して、十三人の子供を養い育て、故郷へ錦を飾ろうとする愛と夢の切なるものが窺える。

帰宅後、じっくりと追想録を読み直した。次男の叔父の追想の中に、「卒業はしたが不況で就職口はなく、いたたまれない思いで家に居た時、兄が慰めの意を込めて、兄弟共同して父の遺業を継がないか、との提言は身に沁みて悦しく思った。また弟の清治は商いが好きで家業を継ぎ、幼い妹たちをよく可愛がった。小使いで好きそうな物を買い与えては、母を悦ばせ、一番の人気者だった」とあった。

ほかにも各々の文面から、祖父母が託したかったのは何かを探す内に、思い到るのだった。家業もさる事ながら、十一人の兄妹が慈しみ合う心だったに相違ない、とここに裸一貫からの姿勢を学んだ。そして、「心の絆こそ命」と確信を持った私は、時空を越えて、百一年めを踏み出そうとしている。すると、遠く近くに叔母や従弟や子供たちの掲げる灯（ともしび）が見えて来たのであった。

袈裟がけの骨

四つ年下の従弟から、電話が掛かってきた。「おふくろ危篤の知らせがあったので、これから九州に行ってくる」との報告だった。にも拘らず理想や夢を語りだした。それどころではない筈なのに、語り続けるのである。私は言葉の奥から、助けを求めているように、感じ始めた。

そのときの従弟は、家族から遠く離れて、単身赴任で頑張っていた。新興宗教の教祖から見込まれて、親からも、たっての希望があり、入門したのである。

都会での布教活動を強いられ、目途の立たない内に、体を壊したのである。そのうえ本部からは、経費一切を打ち切られた。運命とはいえ、心細くなって、思いを吐き出さないではおれず、無意識のうちにも、心の奥を伝える事になってしまったのであろう。

従弟の夢や理想は、切なる訴えに聞こえてくる。聞きながら私には、お金も知恵も、人脈も、助ける力もない、と無念を噛みしみて、自分に力のない事を、認めるのは早かった。

従弟の辛さが伝わって来ても、どのように言ってやれば、良いか分からない。だが、投げかけて来る思いを切ってはならない、という気がして、話を聞きながら大いなるものに縋った。

「私に何ができるでしょうか。いま従弟は救いを、求めています。どうでも助けてやりたいのです。でも、何の手だてもありません。どうすれば良いでしょうか、従弟を助けて下さい——」

そのとき、私に聞こえたのは「一人にするナ！」だった。救ってやれる力などないのに「一人にするナ」と言われてもと息を凝らした。途端に「ンッ！　分かった。一人で落ちて行くと思わなくていい。落ちる時は一緒、死ぬ時は一緒ね」と言った。

自分が飛び降りればよい、と閃いたのである。従弟は一瞬、息を飲んだ様子だった。「…僕…今……この魂に電気が走った。そんなこと言われたの初めてだ……有り難う。力が湧いて来た。頑張る。じゃあ、行ってくるね」と彼の声は落ち着き、電話は止んだ。

こんなことを口にしたのは初めてである。言った自分も驚いていた。

彼の妻でも恋人でもないのに、どうしてあのようなことが言えたのか。——四十代のころの我が身を思い出す、苦難の時期であった。私のために命運を懸けて、共に歩いてくださった方がいる。従弟の姿は、かつての己れを見るようであったのだ。それ以来、陰になり、日向になって、私も支えられるのであった。

東京砂漠で足を引き擦り、己れに鞭打った彼は、数年後、脳梗塞で倒れ、家族と共に暮らすことになった。それでも、従弟に優るとも、劣らぬ頑張り屋の恋女房に礼服を着せられ、車椅子を押してもらって、愛娘の晴れ着姿を見届けることができた。かわいくて貫禄のある花嫁のK子ちゃんを見て私は「よくぞ、間に合わせてくれた」と、胸がいっぱいになった。

二年後、従弟の腕に、元気な初孫を抱かせている愛妻の姿に、真実の家族愛がうかがえた。それは、従弟の純粋に生きた証を見る思いだった。寝たきりになった従弟に、「何もかも、見えているんでしょう」と問い掛けると、ニコッと笑ってうなずいていた。

あるとき私は、「純ちゃん、仏の御心を知るために、生きるのが人生なんやねえ。私はつくづくそう思うヮ。人生の目的はそれなんやねえ」と語り掛けた。そのときも嬉しそうにうなずいた。従弟の幸せは、家族に付き添われた、病床こそが一番だったのではないかと思われる。

だが、そこがまた、総仕上げの修行道場ともなった。意識があっても、自ら意思表示できない姿は、生き地獄に見える時もあった。私は、この従弟が、皆の身代わりになっていると思えて、仏の化身に見えたのである。

短くても、だれにでもあるという、春夏秋冬を生きて、従弟の人生は五十八歳の夏に終わった。

灰になって、その骨を拾う時、焼き場の方が、「めったに残る骨ではない。徳の高い人なんだろう」と言う。喉仏に袈裟がけの骨が出て来た。喉仏に被せると、ちょうど仏に袈裟をかけたようになる骨である。あの状態で行を務め、従弟は立派な御上人になっていたのだ、と私は畏敬の念を持って合掌したのであった。

相手の心に寄り添い、共に死ねるか、ということが共に生きる真骨頂である。

「生かせ命。この真心こそが命を繋ぐのだ」と、大切な事を、次々に気づかせてもらった。

私はこの従弟の冥福を、心より祈るのである。

涙いろいろ

あれは四十歳を過ぎて、間もなくのこと。夕餉の支度を始めようとして台所に行くと、ちょうど入ってきた処だったのか、裏口の側の板張りに死に神がいるではないか。「アラー死に神が居るー」と思ったが、俎板を出したり、野菜を切ったりと忙しいときだった。

そして家族の夕食も後片付けも終わった。五歳の末っ子とお風呂をすませ、後は休むだけ。すでに床を延べておいた二階の部屋に上がって行った。障子を開けて中に入ると、すっかり忘れていた死に神がまた居たのだ。先回りしていたのだナと思いつつ、気にしないで床に就いた。チットも怖くないのが不思議だった。私の初めての体験である。

それは、私を案じてくれている人の思いの霊が訪ねて来たのだ、と後で分かった。そのときは病の床に伏している小母上ではないかと思った。(小母ちゃん、『般若心経』唱えようね)と語りかけ、(明日は手紙を書こう)と思って眠りに就いた。

翌日、いくつもある懐かしい思い出を、手紙に認めた。

五年生の夏休み、母から三歳年下の弟と一緒に、八幡から門司まで行って、叔父に渡す手紙を託された。戦死した父の遺骨が還って来たことと、葬儀の日取りを伝えるものだった。教わった通りに歩いても捜し出せず同じ所をぐるぐる回った。弟も懸命に捜してくれたが、真夏の日中二人でベソをかく寸前だった。何度もその前を通った家から、小母が出て来て「アラ！」とびっくりした。

子供二人で大役を果たしに来た事を大そう不憫がって「良う来た、良う来た」と、栓を抜いてもらった冷たいミカン水は、五臓六腑に染み渡った。「お腹、空いたやろ、待ちよ」と台所に引っ込み、親子丼を作って、「早よ食べ」と、もてなしてもらった。そのときの安堵感はたいへんなものだった。

お土産を持たせてもらい、停留所まで見送ってくれた小母は「荒生田（あろうだ）で降ろしてやってください」と、運転手に頼んでくれた。「母ちゃんに宜しく言ってェ」と、手を振る小母は、遠くまで見渡せる景色から、電車が消えるまで動かなかった。（いつまで立っているのかなァー）と、電車が曲がる時、私は窓から身を乗り出した。そのとき、遠くに小さくなった小母がやっと歩き出したのを見届けて、座席に着いた。

小母の情が身に染みてうれしかったこのことから、次々に思い出を書き出して、激動の時代を叔父上と共に、生き抜いた小母上の今の辛さ、悲しさ、寂しさ、痛み、あらゆる苦悩から解き放される日の、より近い事を祈っています、と締め括った。

その後、もう一人の伯母と伯父たちが毎年続いて亡くなった。葬儀に参列できるまでに快復したこの小母を、病院へ迎えに行くと、「美代ちゃん、あんたの手紙を読んで、人間これほどまでに、涙が出るものかと思うぐらい泣いたよォー」と、聞かされた。

小母は私の行く末を案じてくれていたのだ。私の結婚は難しいと先をよんで、注意してくれていた。小母の断言はズボシなので肝に銘じた。おかげで第二の人生も、逆境の時は熱いほどの慈しみとなった。

苦心惨胆の私が四十代の世帯盛りで、夫は単身赴任となった。子育てを踏ん張って独り相撲のあげく、疲れた顔が黒ずんでも「シミが何だッ！」という感じで手入れをする気にもなれなかった。

そんなある日、テレビドラマの『残菊物語』を観た。あまり可哀想で泣き通しだった。終わった時、顔が腫れて重たくなったほどである。「アー可哀想だったァ」と、泣き草臥れて、床に就いた。

翌朝、顔を洗って身繕いのため、鏡の前に座った私は「エッ！」と声を飲むほどびっくりした。あっち、こっち点々と黒ずんでいたシミが、きれいサッパリ消えていたのだ。「ウワアー――ッ」と、正面からも、右からも左からも（嘘みたい！）と近視眼のように、近づいてみた。思いも寄らぬ喜びの実感は、正に人生バラ色になった。

そのうち、自分の変化が顔だけではなくなってきたのだ。勇み足の度が過ぎても、「だから何なの」と、言うふうで可愛くなかったのに。一夜明けると別世界の女になっていた。

有るべき姿を力説する私は、シミが消えた事を、こんなに喜ぶ私でもあったのだ、二度びっくりだった。

自分を発見した喜びって有るものだとつくづく思った。そしてあるべき姿なんかどうでも良くなっていた。まるで長い人生の答えが出たように。

兄の思い

九州より東京の学校に行った兄は、そのまま東京で就職した。私の縁談が東京からだったので、母が兄に頼んで、石綿家を調査してもらった。報告の内容は表向き取り立てて問題点を聞き取るものは無かった由。義叔母に見てもらったトランプ占いからは、

「内情を調べた方が良い」

と言う事だった。結婚までにいろいろあったが、私の運命は東京に向かって動き始めていた。結婚が決まりその準備の為、兄が石綿と会って話を進めてくれた。

私は義叔母や母に連れられて、観音堂へ参詣に行ったり、堂守り（どうもり）さんに相談していただけなので、石綿に殊更信仰を語った覚えはない。ところが何も知らない兄へ、

「信仰を何とかしてもらいたい」

と持ちかけたと言う。兄は即、

「それは、これから石綿さんが考えていけば良いことでしょう」

しく、

と返した。妹の連れ合いになる人は、こんな人なのかと、兄も何か感じた処があったら

「東京や東大に憧れるような、妹ではありませんから」

と伝えると、石綿も又、頷いて、

「それは、分かります」

と認めたと言う。後に兄の事を、しっかりしていると感心していたらしい。兄は石綿より十歳年下でその時二十四歳だった。私は兄には大変世話になり、心配させてしまった。今もって悔しいのは、新婚の頃、石綿が泊まりがけの出張で大阪へ発った、その日の事である。

「それなら、今日はこっちに来て泊まれば」

と、兄が誘ってくれた。私は喜んで兄のアパートへ馳向(はせむか)った。兄が手料理で持て成し、二人でお箸を、と、そこへ電話が掛かって来た。

「石綿さんが帰って来たらしいワ、すぐ帰ってやれ！」

と言って、兄は私を急(せ)かした。「もおー」と言いながら、せっかく作ってくれた夕食を目の前にして帰る仕度を急いだ。兄の事で忘れられない一つである。

又こんな事もあった。新婚の頃我が家を尋ねてくれた兄が私に訊いたのである。

「お前石綿さんに朝御飯作って食べさせているのか」

「当たり前じゃない、それが主婦の仕事なんだから――どおしてそんな事聞くの」

と返した。何と、

「学生の頃鏡の前でいつまででも髪を梳いていたじゃないか。飯も喰わんで学校に行ってたやろう」

よく覚えているなァと感心した。又覚えてくれているのが嬉しかった。

私は三十代に血圧が下がりっぱなしで度々寝付いた。兄と弟が私を迎えに来てくれた事がある。

「暫く千葉で養生すれば良い」と言って、大の男がいきなり現れたので、それは、それは、うろたえたらしい。石綿はビールを出しながらも、駆け落ちの自分達と言わぬばかりに、

「貴方達は、僕達を引き離そうとするのか」と言ったという。それを聞いた私はゲッ！

里では兄嫁にも至れり尽くせりしてもらった。この時の兄夫婦には感謝以外の何ものでもない。弟夫婦にも同じ思いである。その時、私は妊娠四ヶ月だった。終日床に就いていた。これでは生まれても、育てられるかどうか思案の挙句、思い切る事にした。兄嫁にお頼みして、産婦人科へ連れて行ってもらった。

先生が胎児の心音を聞かせて下さった。それは力強くしっかりした心音だった。

「トン、トン、トン、トン、僕は生まれる、絶対生まれるッ！」

と胎児が叫んでいるようだった。ベッドに起き上がり、

「生みます」

と申し上げた。先生は笑いながら、

「心音を聞けば、ほとんどの人が生むと言いますヨ」

とおっしゃった。帰りの車の中で兄嫁が、

「良く分かっているわネ。『美代子はやっぱり生むワと言って帰って来るヨ』って言っていたのよ」

と兄の予言を教えてくれた。私も感心した。お蔭で三男は無事誕生出来たのである。

昭和六十一年、家族は、私が四十八歳の年、関西から二十二年振りに帰京した。

間もなく、里方で思いも寄らぬ兄夫婦の上に難題が持ち上がったのである。妹の私が出向くまでもないのではと思いつつ、励まし慰めるものがあるかどうか、事情を聞かせてもらいに出かけた。

そこで、お世話になった兄嫁が喜ぶかと思う事を言ってみた。その私を兄が睨みつけて、

「よくそんな冷酷な事がキミエに言えるなッ謝れッ！　謝らんと帰さんぞッ！」

と激怒したのである。

どの言葉が怒らせたのか、思い当たるものがないのでキョトンとしていると、

「謝らんかッ！」

と、なぐらんばかりに口を引き締めた。私だって気がつけば当然謝るけれど、どこを謝れば良いのか分からないので、

「そんな事言っても、これ私の普通だけど」

と言った。それを聞いた兄は、畳の一点をジッと見つめていたが、

「お前のその言葉を聞いて、俺は返す言葉が無い。お前はそんな処で生きているんだなァ……」

と、今度はしみじみとした目で私を見直した。途端に目頭が熱くなり、兄に抱きしめてもらった気分になったのである。

母の納骨式の時、弟の前で私から、

「兄ちゃんには、良くしてもらったのに、私達何の恩返しも出来ないで、申し訳ないと思っているのよ」

と弟と顔を見合わせて言った。はねのけるように、

「それを言うなッ！　こっちの言う事だ。何の力にもなってやれないで……。皆、頑張ったよ、皆、頑張ったんだ」

弟と私と私の娘へ、言葉を噛み締めるようにして返した。時間が経ってみると、そこに亡き両親も居たような……そんな気がする。合掌

弟と私

弟は昭和十六年三月に生まれた。首が座って間もなく父は七月五日、出征して行った。記念に当たって弟を抱いた父を真中に、家族が取り巻いている写真があった。

残念な事に我が家の引っ越しの折、紛失してしまったのである。

私は祖母の居る荒生田へ、度々行って幼稚園をよく休んだ。家に居る時は近所の広子ちゃんと二人で登園した。

ある日、私達に弟が付いて来るので、「帰って」といくら言っても付いて来た。とうとう幼稚園まで来てしまったのである。

先生に弟が付いて来た事を伝えると、

「まあ、可愛らしい。おったらええよ、皆遊んでやってェ」

と了解して下さった。男の子達がさっと連れて行き、遊んでもらっている弟を見てホッとした。お昼になると先生が私に「お弁当を半分ずつしなさい」とおっしゃった。弟も楽しかったらしく、次の日も又付いて来て、お弁当を半分ずつした。先生は、

「これから、治雄ちゃんのお弁当も持っておいで」

とおっしゃった。弟は皆に可愛いがられぶらんこも、男の子達が連れていってくれるので、私はいつも女の子と遊び、面倒を見なくてすんだ。お昼寝の時とお弁当の時だけ、私と一緒でよかった。

それからは、毎日弟もお弁当を持って広子ちゃんと三人で登園した。商売をしていたので母も助かったと思う。それにしても幼稚園の先生のおおらかで臨機応変が嬉しかった。

この弟とは学校に行くようになってから、追っかけ回してよく喧嘩した。

私が和机に向かって座っていると、後ろから、

「あんたの尻は、本当に大きいなァ、俺はつくづく感心するワ」

と宣う。これまでの私なら、すぐに追っかけて行きバシバシ叩く処そこは我慢のし処で、耐え難きを堪えた。頃合いを見て私から、

「この頃、怒らんようになったやろう」

と言った。

「うん、どおして」

「六年生になったから、偉くなったんよ」

すると、

「何ぼけしかけても、追っかけて来んけ、つまらんようになったわ」

この時、弟は淋しさまぎれに、喧嘩を売っていた事が分かった。少し可哀想に思ったが、弟は籠らない性格だからと、その後も私は特別に気を付けてやる技量は無かった。不甲斐ない姉である。

私が八幡の祖母の所から遅くなって駅に着くと、弟が自転車で迎えに来てくれていた。ジーンとするほど嬉しく、弟を逞しく思った。

又、時々訪れる親戚の小父さんが、私を見るなり、

「鬼も十八番茶も出花ちゃ、よう言うちょるなあ」

と言った。すると、側に居た弟が、

「もう十九だから番茶も出涸らしよ」

と言った。大人達が大笑いした。よく皆を笑わせる性格で、その代わり、やんちゃでも

あった。

互いに八十に近くなり、娘が二泊三日の予約で、箱根の宿を取ってくれた。連れ合いを亡くした弟を誘い、孫娘と三人でゆっくりした。その時、人に話すのは初めてと言って、弟が語り聞かせてくれたのである。

「俺が小学二年の頃、親戚の手伝いに行った切り、おふくろが帰って来なかったやろう。そのおふくろを迎えに行って、唐木さん家(ち)の前の電信柱の側でいつまでも、待っていたんだ。

向こうから下駄の音が近づくと、目を凝らしてた。でもそれは他(よそ)の人で、諦めて一旦帰っても、又、出直して何度も繰り返した。こんなことが毎晩だった。朝起きて横に寝ているかと思って見ても、帰っていない。

あまり淋しいと悲しくなって、おふくろを恨み、憎むようになった。それは、大人になっても続いたんンよ。

おふくろを憎み切れない自分に、苦しみ抜いた挙句分かったんだ。本当はおふくろが好きなんだって。そうしたら肩の荷が下りたように軽くなったんだ。何と教会の神父さんに会った途端、『親を敬(うやま)わなければ、神を敬ってもだめ。親を敬うその先に神が居るのだから』と諭(さと)されたんだ。自分が何も言っていないのに。そうか！　その先に神が居るのかと思って」

ここまでは、私が弟から聞かせてもらったことである。更に弟の話は続いた。

「そうこうしている処へ、おふくろが骨折で入院したと連絡があったんだ。病院へ見舞いに行くとぐっすり眠っていたワ。起こさずに手をさすりながら、『もう、この世では間に合わないけれど、生まれ変わって、おふくろが又、俺を生んでくれたら、その時は親孝行、させてもらうからなッ』って語りかけたんだ。すると、眠っている筈のおふくろの目から、一筋涙がスーッとなァ。

　間もなく、退院したと電話があって、その四日後逝ったと知らされたのには、唖然としたよ」

　以上、母が亡くなって十年目にして、初めて聞かされた弟の実話である。

　私は幼い弟の淋しさに、気づかなかった自分に歯ぎしりする思いだった。只、只、可哀想なことをしたと悔んだ。

　実は毎日病院へ足を運んでいたのに、後半必要な物を用意しても、何故か出かけようとしないのである。いつまでても、荷物の前に座っていた。

「私が行ってこようか」

　と長女が声をかけてくれるので助かった。支度は出来るのに、何故行こうとしなかったのか、分からなかった。弟の話を聞いて（そうか）母が弟を待っていたのだ。母と弟の二人だけの方が良い。弟が来た時、私が居ない方が良いから、そう考えてやっと納得できたのである。

約束の涙

昭和三十五年二月七日祝言、この日のために上京する私に、餞(はなむけ)となった従妹からの言葉がある。

「ねえちゃん、セイちゃんも、エイ子ちゃんも、ケイちゃんも、他の人もテコも別れる時皆泣くよ。ねえちゃんも絶対泣いてねエッ」

と十二歳年下の少女が、少し怖い顔をして私を見上げた。ニコッとして頷くと、それは不安だったのか、体をぶっつけるようにして、「本当よッ！」と迫って来た。「分かったって言ってるじゃない」と、返したものの、真剣に迫る輝ちゃんの目が、気になった。「絶対よッ！」と、また決めつけるので、なぜそうまでして言うのかと問うてみた。すると、

「ねえちゃんは今まで一度も泣かなかった。ねえちゃんの泣くの見たことない、今日は泣くぞッ、今度は絶対と思って見てたけど、泣かなかった。見てたんやからねッ！　だから、今日泣かなかったらテコ、ねえちゃんを軽蔑するッ！」

と、私に食ってかかった。

私の場合、堂守りさんから、「石綿さんの才能を世の中に出して上げてください、これは使命よ」と、説得されての嫁入りだった。従妹にはそんな私が特攻兵士のように映ったのだろうか。大人たちの会話から察して、私のことを案じてくれていたのだと初めて知った。訴えるように投げかけてくれたのだ。この激しい言葉に心底温められて、零戦ならぬ

夜行列車あさかぜ号に乗り込んだ。輝ちゃんの両親の替わりに私が輝ちゃんの参観日に行ったこと等、思い出しつつ、（輝ちゃん有り難う――）の笑みを浮かべた私の頬に、約束の涙はやっと滲む程度だった。平和な時代であっても、使命を果たすべく第二の人生に向かうこの日、輝ちゃんにしっかり充電されたのである。

やがて輝ちゃんも成人して尊敬に値する男性に巡り合い、多くの方の祝福を得て、嫁いで行った。持て余すほど力のあるこの従妹は己れを試すべく、いろんな事に挑戦した。私もまた家事や育児に専念しつつも、思案に暮れれば（後一年の命だとしたら今どうするか）と己れの寿命を想定し、さらに後半年の命ならと、そのつど縮めていった。死ぬ日がいよいよ明日なら、と追い込んで、毎日が真剣勝負だった。

そんなある日、輝ちゃんのお宅を訪ねると先客が居て、ほかにもお座布団が揃えてあった。「今日は何か集まりがあるの――」と尋ねると、「ねえちゃんが来るからって、友達に声を掛けておいたの」。どういう事かと思いキョトンとしている私に、先客の一人が、「私たち、美代子ねえさんにお会いしたいと思っていましたので、今日来られると聞いてお待ちしていたんです。後からまだ来ますから」との事だった。輝ちゃんはその間持て成しの準備に奮闘していた。一人の方が、

「輝子さんから、おねえさんの事を聞く時、そんなにいつまでも愛情を持ち続けられるものかと、私なんか不思議に思うのです。従弟たちとは小さい時良く遊んだのに大きくなったら疎遠になって、会っても白けてしまって、味けないんですよ。輝子さんは子供のころ

と同じように、おねえさんの愛情は変わらないと言って、いろいろ話してくれます。どう
して、そんなにいつまでも愛情を持ち続けられるんでしょうか」
　と、熱心に質問されるのだった。

　私の自然体が不思議に映るのだと思うと、こんな質問をするために、三人が待っていて

くださったのかと、いじらしくなった。輝ちゃんは、「ねえちゃん、言ってやって！」と
顔を出す。

「そうねえ！　どう言えば良いか……、私はいつも輝ちゃんより下に沈んでいるのよ、地
獄の底に居るから、輝ちゃんが深みに嵌ったようでも、私より浅いのね。浮かび上がれな
い私の立場から浅い所にいる輝ちゃんに私の肩を踏めば、淵から首が出るよ、と教えてや
れるし、届かなければ私の頭を踏んで這い上がって行ってと言うのよ。私たち方法は違っ
ていても、切なる気持ちは同じだから、年上の私は不甲斐ないと言われないように頑張る、
それを察知する輝ちゃんが、私を案じてくれている。そんな年下の従妹を頼りにしている
私、こんな感じと言うか、分かります？」

　すると、「地獄で暮らしている方には、とても見えませんがァ――」

「そうでしょう、罪を憎んで人を憎まずの智慧を絞るだけ絞るから、地獄の亡者にはなら
ないのよ。恨めば自分が惨めになるから、不徳を噛み締めて、誇りを守る。それはもう、
子供に背中を見せたい一心で――」

　皆はもっと具体的に聞きたかったのだろうが、まだ納得してもらえるような説明が、私

にはできなかったと思う。輝ちゃんの心尽くしを美味しく、御馳走になった。

その後も泣かない三十年だった。それが、古希を迎えた今、西行法師の「どなた様かは存じませぬが、有り難さに涙こぼるる」と、そんな私になってきたのである。

サッちゃんはね

サッちゃんはね　サチコっていうんだ
ほんとはね　だけどちっちゃいから
じぶんのこと　サッちゃんってよぶんだよ
おかしいね　サッちゃん

この歌は、昭和二十四、五年頃真理ヨシコさんが唱ったものである。朝十時から流れてくる「お姉さんと一緒」というラジオ番組だった。それに七色の声を持つといわれた中村メイコさんの一人芝居だ。何人もの登場人物をこなす、その面白さといったらなかった。私も従妹のサッちゃんにどれほど唱って聞かせた事か。私の父の妹がサッちゃんのお母さんだ。私達家族の住む二階が、叔母夫婦の新居となり、サッちゃんが生まれた。

私は嬉しくて毎日がサッちゃんに明け、サッちゃんに暮れていた。首の座ったサッちゃんをおぶって外につれて行くのが、この上もない悦びだった。

サッちゃんが夏風邪を引いて、ねんねしているのを見て、私は吃驚した。靴下を履いていたのだ。学校から汗をかいて帰って来たので、自分が暑くてたまらないのに「どおーして！」と、叔母に問うと「身体を冷さない為の用心」と、聞かされサッちゃんが暑いのではないか、生まれて半年では「アツイ」と、言えないし可哀相でならず――だった。すると叔母が「ちょっと見てて」と言って下に降りて行った。

私の心を知っている叔母は「靴下を脱がす事はならんよ」と、言い残し私はなま返事をして、すぐに団扇を持って来た。靴下を脱がせられないならと、思い切り扇いでやった。赤ちゃんは風が強いと息が出来なくなるので、気を付けながらも叔母の気配を感じるまで扇ぎ続けた。

お座りが出来るようになったサッちゃんをおぶって私が入りびたりしていた、隣の親戚に行き遊んでいる時の事だ。この家のとし子ねえさんも、それはサッちゃんを可愛がっていた。私に負けないくらいサッちゃんが可愛いんだなあと、思うほどだった。

すると、とし子ねえさんが、

「サッちゃんは私と美代子ちゃんと、どっちが好きか試してみよう」

と、言い出して、サッちゃんを壁の前にお座りさせた。とし子ねえさんと私は入り口の左右に離れて座り、二人でサッちゃんを呼んだ。私は自分の方に来てほしくて、必死になって呼んだ。自信はあったが、とし子ねえさんも、とても可愛がっていたので、油断はならなかった。

私が「サッちゃん！」と、手を叩いて両手を伸ばすと、こちらに向かってハイハイして来る。すると右の方から「サッちゃん！」と、とし子ねえさんが同じようにして、手を差し伸べる。サッちゃんは呼ばれた方に向きを変える。私はさらに声を大きくして呼び戻そうとする。負けずにとし子ねえさんも又呼ぶ。繰り返す両方からの声にサッちゃんが困り始めた。どっちにしたものかと思案に暮れているのがよく分かる顔つきになって、動かなくなった。

二人はあの手この手の声を出して、かまわず呼び合った。フッと私に負けないほど、とし子ねえさんも必死なんだと、分かってきた。が、それでも続けた。

私が呼ぶのを止めたのは、サッちゃんの心が立ち往生しているように見えたからだ。それで可哀相になり、悪い事をしたと思った。私の大切な宝ものを、悩ませては申しわけない、サッちゃんはどっちも好きなんだ――という気になった。そして、私達二人もサッちゃんが大好きで自分を慕ってほしい、さらに自分だけの宝ものにしたかったのだ。

私の父は戦死、母は未亡人会、婦人会に明け暮れて留守がちだった。私達姉弟の世話は祖母が責任をもってくれていた。とし子ねえさんは小父夫婦の友人の娘で、養女になったそうなので、本当の親子ではないと、本人から聞いていた。小父さんは戦後満州から引き上げて来て、私は初めて知った父の従弟だった。

小父夫婦からは、私達兄妹も可愛がってもらっていたが、そんな二人にとって、サッちゃんは気持ちを満たしてくれる、最高の存在だった。

とし子ねえさんは呼び続けた。私は呼ぶのを止めて、只、ほほ笑み掛けていた。すると、あっちとこっちを見比べていたサッちゃんの可愛い手が、パタパタと一目さんに私の方へハイハイして来たのだ。

とし子ねえさんの悔しがる様といったらなくて、気の毒なほどだった。私に辿り着いたサッちゃんを抱いた時、有り難うの涙が溢れそうで暫くは顔が上げられなかった。

一条の光

父は戦前、呉服商の支店を福岡県八幡市の黒崎に出した。人手が必要なので父から頼まれた叔母と、共に暮らすようになった。

昭和十六年三月に弟が生まれた。そして、この年の七月に父は召集されたのである。叔母は留守を守るべく母を助け、私達兄妹も世話になった。

昭和十九年八幡製鉄が爆撃の的になり、私達家族は、母の里大分県の中津へ疎開した。叔母は本店の祖母達と、中津から二里ほど離れた鳥越と言う所へ疎開した。叔母が時おり我が家へ訪れると、私はいつも、

「道子ねえちゃんと、寝るッ！」

と言って、兄弟に機先を制した。叔母の笑顔は目が八の字になって、その愛らしさに惹き付けられるのだった。又、白いカーディガンを着た清楚な叔母には、貴いものを感じて

子供ながらに見とれていた。

小学三年生の頃、シベリアから無事復員された方が、近くの社員寮に入った。この小父さんに懐いて、弟と私は〝お菓子の好きなパリ娘〟やシューベルトの野ばら等の歌や〝アリババと四十人の盗賊〟のお話を、聞かせてもらうことが楽しみだった。

玩具屋で私は箱入りのビーズ、弟はジープのミニカーを買ってもらったり、小父さんも又、嬉しい存在だった。

そして、叔母はこの方と結ばれたのである。後に親戚の花嫁特集の写真帖を見せてもらった。私のも有った。誰よりも叔母の花嫁御寮が一番だと思った。私達が暮らしている家の二階が叔母夫婦の新居となったのである。

中津には周防灘（すおうなだ）から引き込んで海水を沸かした「汐湯」と言う銭湯がある。我が家から五、六分の所。大きな涼み台が有って、夏はひと風呂浴びた大人達が、横になって海風に涼んでいた。近所に住む大叔母さんや友達ともよく汐湯へ行った。

芯から温もると、帰りは冬の冷たい風が心地よく簡単には湯冷めしない。私が眠くなり火鉢に当たって竦（すく）んでいる処を、叔母から、

「負うてやるヶ行こう」

と、誘われれば背中に飛び付いた。又、昼寝をしている祖母の目を盗んで、到来物のココアを口にしている処を、叔母に見つけられ、

「アッ、言ってやるゥ」

と、顎でしゃくりながら「よこせ！」とばかりに口を開ける、そんな叔母が大好きだった。

やがて、赤ちゃんが生まれる日が来た。その日の朝、

「義姉さん、今日生まれそう」

と、二階から叔母が降りて来た。ニッと笑った私に「一番嬉しそうな顔しとる」と言いながら、間もなく元気な女の子が生まれて、かけがえのない、私の宝ものとなった。

叔母は桐塑（とうそ）人形作家となり、後に審査員を務めていた。ある日、叔母から問われた。

「名人の作とは、どんなものか知っとる」

「知らない」

「これは何、と、なかなか判別が付かず、いつまでも、その前から離れられない、そんなものよ」

と、教えられた。私はその時真理の謎解きを思った。どこまでも惹き付けるのが真理だと言う気がしたのである。叔母の作品は、数年前から中津市内にある、藩主奥平家の菩提寺であり、幕末の書家頼山陽（らいさんよう）、池大雅（たいが）でも有名な自性寺に納められた。毎年三月のお雛祭りには展示されている。

私は五十代を迎える頃、特攻くずれの夫の言動について行けず、限界に来ていた。語るつもりはなかったが、叔母夫婦に思わず吐露してしまった。苦汁を前にして、

「ここは一つ、あんたが飲んでいきなさい」

と、叔母から諭された。私は即、拒絶した。

「飲めないッ！　これ以上飲めば吐くッ！」

と。暫く黙していた叔母は私を汲んで、

「なら分かった。あんたの思うようにしてみなさい」

と、認めて立って行った。続いて義叔父が私を説得しようとした時、部屋の出口まで行った叔母が突然、

「この姪の不幸は私が許さんッ！　どれだけ期待して来たかッ！　美代子の不幸は私が許さんッ！」

と叫んで号泣したのである。これまで見たことのない叔母の姿に義叔父も仰天して、私どころではなくなった。

「落ちつけ！　道子落ちつけッ！」

と繰り返し、繰り返し叔母を宥めた。ところが、私は初めて叔母の悲願を知って、あれほど拒否したものが、瞬時にして飲めたのである。金輪際叔母の期待を裏切ってはならぬ、と肝に銘じた時、己れの迷いは消えた。

お土産を持たせてもらい、駅のホームに出る階段を上りながらも、叔母は考え続けてくれたのである。

「私はあんたの純粋さに、一条の光を見る」

と、叔母よりこの上ない慈愛を注がれて、しっかり、足を踏み締め汽車に乗った。心に

誓いを立て、車窓より私は手を振り続けるのだった。叔母からの年賀状に、
「思うようにいかない有り難さに感謝」
と認めてあった。私を諭したものと思い、この温もりをいつまでも、忘れずにいる。
又、直筆の短冊に叔母の詠んだ句がある。
〝灯をともす　人の高さに灯をともす〟
我が家の玄関に飾ってある。正に叔母である。

友人たちと

和ちゃんとハツさん

中学一年の時、私は学校の掃除当番に真面目ではなかった。いつも遅刻か遅刻すれすれだったので、朝のお掃除はやった事がない。なのに、誰からも文句を言われなかった。皆やさしいと思っていた。ある日、誰からも一目置かれているハツさんが、

「和ちゃん、帰りの掃除は良いよ、もう帰って」

と、小野和ちゃんに言っている。何かなァと思っていると、「良いから」と言って、和ちゃんは帰ろうとしない。ハツさん、

「朝はいつも一番に来てやってるから、帰りは本当にもう良いョ、自分達でやるから」

と繰り返す。私はそれを聞いて吃驚した。当番の間中、毎日一番に来てやってくれていたのだ。この広い武徳殿（ぶとくでん）（武道の道場）を。

私も急ぎ「和ちゃん良いョ」と、ハツさんに与（くみ）した。それでも和ちゃんは皆が行き届かない所を黙って掃いていた。帰るなり祖母へ、

「明日、早よう起こして」

と頼んで次の日は早めに登校した。和ちゃんが一人居て掃除はもはやすんでいた。

「もうすんだん」

「うん」

「ごめん」

たんたんとしている。次の日も早めに行った。やはりすんでいた。今度は、

「残しといて」

と私は言った。次の日は御飯を抜いて走った。武徳殿の入り口で和ちゃんの立っている処を見ると、八割方すんでいた。残りの分に飛びついて、

「和ちゃん！　その後うちがする！」

と待ったをかけた。それでも入り口に鞄を置いて、その場に来るまで九割方すんでいた。

和ちゃんは、

「慌てんでも良いのに」

という感じだった。朝食も抜いて走って来たのだから、今日こそは私が先かと思ったのに。

「和ちゃん、何時頃来るん」

と問うと、「七時半頃」と応えた。私が起きる頃もうお掃除は始まっていたのだ。桁違いの時差だった。自ら気をからげて祖母にも頼んだ。

「もっと早よう起こして」

と、次の日、やっと和ちゃんより先に行けた。サァーッ！　と、襷(たすき)がけの気概(きがい)で始めた。間もなく和ちゃんも来た。いつものようにたんたんとしている。それからは、追っつかれないように、もっと頑張って早起きした。五日目やっと和ちゃんが来ないうちにすませる事が出来た。

「うちは朝早いんで、御飯も早いから無理せんで良いのに」

と言ってもらった。後(のち)に私は黙って良く働くと言われるようになった。和ちゃんやハッさんのお蔭が大きいと思っている。

ここまで書いて気が付いた。朝のお掃除は誰からも文句を言われない筈。いつも和ちゃんが一人でやってくれていたのだから――。

和ちゃんは字もきれいだし、刺繍(ししゅう)は衣服の時間に作品が皆のお手本になっていた。中三も同じ組になった。美空ひばりの唄を次々に覚えて来ては教えてくれた。和ちゃんを囲んで五、六人が毎日唄を覚えた。私も知らない唄はないほど唄えるようになった。そんな休み時間が本当に楽しかった。

ハツさんはバレーボールの選手で、よく国体に行き、又、大分県中津北高のバレー部の後輩を日本一に育てている。そして、今は七十歳以上のチームで活躍している。その為、平成二十八年早々沖縄まで試合に行くんだと張り切っていた。こちらは腰痛で唸っていると言うと、

「頑張って文章を書きなはいッ！」

と、喝を入れられた。ケラケラと笑って言い放つ活力に厄払いしてもらった気がする。

とは言っても、痛いものは痛いのでハッさんとは大違いだと思いつつ、あの声を思い出すと気持ちが明るくなる。二人に只有り難うである。

目指すはヨッちゃん

中学一年の時、授業が終わってても私は学校で遅くまで遊んでいた。ヨッちゃんも一緒だった。宿題もよく教えてもらった。

私はヨッちゃんが居れば安心する。温かい友達だった。家は近いが二人は遠い親戚に当たる。

ある日、放課後ヨッちゃんが居なかった。帰っていたのだ。次の日も早く帰った。そして又次の日も遊べないという。「どうして」と聞いてみた。

「母ちゃんが入院したんで姉ちゃんと商(あきな)いせなならんき、もう遊ばれん」

と言った。お姉さんは二つ年上で私の兄と同級生である。そのお姉さんと二人で商いをすると聞いて、ヨッちゃんが私より先に大人になったような気がした。家業は魚屋だった。

中学生の姉妹で商いをして弟達の面倒も見ていた。夕方私が雑布がけをして表にその水を撒(ま)く頃、リヤカーを押してヨッちゃんが帰って来る。毎日のように、

「今、帰りよるん」

「うん」

と、それだけ言って通って行く。時に私の祖母が居ると、訊いていた。

「売れたかナ」

「売れた」

と言って帰って行くのである。そんなヨッちゃんは、立派な事をして来たと言う顔をしていた。次の日、学校に行くと元気な様子は変わっていない。そして、授業が終わると又すぐに帰る。夕方、私が水を撒く、リヤカーを押して落ち着いた顔のヨッちゃんが帰って行く。同級生なのにどこか違う。家族の一大事の為に頑張るヨッちゃんは貫禄があった。さらに立場を弁えている姿には信頼を覚えた。

宿題を教えてもらうのは我が家の時とヨッちゃんの家の時があった。宿題をしている処へお姉さんが帰って来て、私に気が付くと「何か出さんか」と、ヨッちゃんを促した。

「出せち言うてん、何出すん」

「そんなら砂糖湯をして出せ」

と、私をもてなすようにと心配してくれた。敗戦後五年ほど経った貧しい時代である。砂糖は我が家も貴重品として祖母が厳重に見張っていた。子供からだけではない、蟻から守る為にも二重三重に縛(しば)っていた。忙しそうなのに私はお姉さんの気遣いが、申しわけないと思いつつも嬉しかった。私が人生の最も大切な事を学んだのはこの姉妹からである。お蔭で目の前の問題から逃げない人間になった。この姉妹の姿がお手本となり、自分の生き方の基礎が出来たと思っている。無意識なようでも、ミヤ子姉さんとヨッちゃんの姉妹を目ざしていたのだ。やがて、大人になった二人は大役を果たす社会人となったのである。

私は友達の居ない人生は考えられない。あの時この時、助けられたり、裏切られたりでも今は懐かしく、いとおしいものになっている。

逃げない友情

弱った体で里帰りした私を、近くの友人が迎えに来てくれた。至れり尽くせりの三日間、家族と共に過ごさせてもらった。

二人とも比島戦線で、父を亡くした遺児である。靖国神社へ参拝の、代表とさせてもらった私たちであった。それがきっかけとなって、中学二年から急に、縁の深い間柄となったのである。久方ぶりの積もる話に花が咲いても、すぐに疲れる私のために、床を延べて休ませてくれた。

何かと気遣いながらも、私の枕元に座って、「ズーッと昔、私があんたに言ったあれなァ」と、口にした。ここまで聞いた私は、咄嗟(とっさ)に「あれはあんたでなくても、同じ立場に立てば、だれでも同じことを言う、私でも」と友人のことばが、それ以上続かないように遮った。

友人の悲しみの深さが、どれほどのものであったか、初めて分かった。あれから二十四年が経っている。「昔、あんたに言うた――」と聞いた途端、「あの時の辛さと、臥せっている私の辛さと、どっちが辛いか比べているのだ」と思った。

あのことはこれほどの歳月、友人の胸から消えてはいなかったのだ。口が切れても他言しない、と私はあの時点で終わらせたのに。子供には乗り越えられない、それほどの厚い壁となる、おとなの姿を私に聞かせた、そのことが発端である。

そういえば二十四年の間に一度、新婚のアパートを訪ねたことがある。そのとき友人は、和菓子をお皿に盛りながら言った。

「いつか、あんたに言うたあのこと、あれは嘘だったんョ」

「……」

「あれは私が夢を見て、事実だったように錯覚していたんよ。あんなことは無かったんやら」

それを聞いた私は、この友人が情けなくなって、そのことばを跳ねつけた。

「あれは本当よ、いま言ったことが、嘘よ」

呆然とした友人に私は厳しく、

「事実から逃げたらつまらん。ごまかして生きたら、人間が大きくならんよッ」

と戒めた。どんなことをしても、乗り越えてほしかったのである。私から喝を入れられた友人は、もう逃げられない、という顔になった。そのときから十五年が経って、私が力尽きた状態の枕元で、それをまた口にして正当化しようとしているのだった。

続きは何と言うつもりだったか、分からない。だが「吹っ切れたから――」と言うのでなければ、二度と聞きたくはなかった。

十五歳の夏、その日もいつもと変わらぬ様子だった。淡々と語り出したが、その内容は、私の心を抑え込んだ。言い辛いことを私に聞かせたのだ。答えを出さずに帰してはならない責任を感じた。一刻も早く気持ちを晴らしてやりたくて、ことばを探すことに集中したのである。

精いっぱいの知恵を絞り、それを友人に向けた。すると本当に安心したらしく、「あんたに言うて良かった」と、納得したのだった。

この反応を見て、私はつくづく自分が助かった気持ちになったのである。その後もよく遊び、喧嘩もした。だが友人はそのときのことを、恩に着ていたようで、何かにつけて気遣い、私が弱音を吐くと今度は自分がやられたとおり、こちらに「喝！」を入れた。そんな友情に支えられて、今の私がある。

三十代になって、久しぶりに友人が、我が家を訪れた。来し方を明け方まで語り合い、二人で無駄には生きていないという、確認をとった。互いに定めに向かう奮闘ぶりを、称え合ったのである。

しばらく経って、何がきっかけだったのか分からない、あるとき友人に、私はどうして、あのようなことが言えたのか、と考え始めたのである。

それに気づいたのは、四十歳が過ぎていて、すでに友人の口から、あのことばは消えていた。十五歳の時聞いたことは、こちらも知っていたのだ。実は二人とも同じ荷を担っていたのである。なぜ、「私も同じョ」と言わなかったのだろう。その事は自分の奥深くに封印して、無意識のうちに二度と思い出さないことにしていたのであろう。己れを治めた方法は、それをもって、友人への真心とすることができた。

浮いた時には居ても、沈んだ時には居なかったり、沈んだ時は居てくれるのに、浮いた時は離れる。そんな人間関係の多い中、どちらの時も側にいる友人である。共に喜び悲しむ姿は、私と一体になってくれた。

未亡人となった母を持つ者同士、二人で支え合った来し方は、時により家族よりも強い絆となるのである。歳月が自然の営みを受け入れて、次第に昇華できるようになり、遺児である私たちもめでたく還暦を迎えることができた。お蔭様であると、この歳になって気づく。父母たちの悲しみこそが、力の源であると、これが慈しみとなって、いまに続く友情が育ったのである。

悪友・安美ちゃん

家の近くに同級生の安美ちゃんがいた。気が合って良く遊んだり喧嘩もした。安美ちゃんの温かな感じの字は大らかな性格が出ていた。

高校は違ったけれど陸上の選手になっていたらしい。二十五年ぶりに再会したのが最後で、その三ヶ月後五十前にして亡くなった。

よく遊んだ四年生のころ、ある日、百円玉を私に見せて、「あの店に行こう」と、駄菓子屋へ誘った。

「どうしたん」

「父ちゃんがいない間に店の金庫から盗って来たんよ」

「……」

「いいから早う行こう」

私が知らない所の大分離れた駄菓子屋へ連れて行った。そして、

「この店なら見つからんき。近いと店の小母さんから家の人に言いつけられるかも知れんきネ」

と言って、私にも駄菓子を買ってくれた。何か高ぶった気分になって、美味しいとか嬉しい気持ちなど、味わえずに急ぎ頬張って飲み込んだ。不思議なことに、そのとき、安美ちゃんの姿にとても優しい年上の人のようなものを感じた。

百円を店の金庫から盗んでくる緊張感は並たいていではなかったと思う。それなのに、私にも同じ物を買って分けてくれる（いいのかなあ）と言う気持ちだった。そこまでして得た百円で自分のほしいものを買えばよいのに、安美ちゃんは私の寂しさが分かっているのか、持っている自分のお小使いでというのではなくて、盗んで来た百円というのが温か

く身に染みた。

それからは、「今日もうまくいった」とか「今日は盗れなかった」とか言って遊んでいる内に、今度は私が安美ちゃんの上手をいくようになり、大伯母の家の引き出しを見つけた。そうとう荒稼ぎをしたので、とうとう張り番をしていた大叔母に見つかりお縄になった。そのときの大伯母は、私を咎めず、そっとして大人たちが黙って動いた。

次の日学校から帰ってみると、大伯母が母と話をしているところだった。私に気が付いても、いつもと変わらぬ大伯母で帰って行った。しかし、針仕事をしていた母の背中が震えていた。

そのころ、婦人会だ未亡人会だと、母は出ずっ張りで家にいないことが多く、祖母は「野心（のごころ）になっしもちょ」と嘆いていた。

祖母は祖母で母のことを、「いちばん大事な夫に戦死されたことの不憫が先に立って怒りきらん」と、伯母たちにこぼしていたという。私はこの件に関しては、だれからも触られずにおいてもらった。だが、それ以来ピタッと母は婦人運動から身をひいた。そして、いつも家にいて迎えてくれるようになった。

悪事を働いたおかげで、最もうれしい結果になったのだから、やって良かったと思っても、悔いる気持ちは一つもなかった。

安美ちゃんと、最後に会えたのは、安美ちゃんが入院している病院だった。昏睡状態なのに時々目を開けて、「だれと来たん、旦那さんと来たんで?」と訊く。

「同窓会に来たら、安美ちゃんが入院していると聞いたんで、汽車に乗る前に会って行こうと思って来たんよ。会えて良かったワ」

そう言いながら様子を窺った。

途中、食事が運ばれて来た。睡そうだったけれど、せめてこれだけでもさせてもらおうと思って、一匙一匙口に運び、飲み込んでもらった。安美ちゃんは、

「この時計遅れちょうきな、そのつもりで」

と言って、また眠り始めた。汽車の時間が来たのでお別れに、

「早く治るように、出家した同級生の古梶さんにしっかり御祈祷してもらうからネ」

と、声を掛けた。スースーと寝息をたてながらも、半開きの目はその奥から一瞬（あなたに何ができるん？）と言われたように、私の胸に錐が刺さった。

さらに、（うちの事より自分の子供から目を放さんように。分かっとろう、自分たちと同じ思いはさせんことよ、油断しなはんなあ）と、言われたと思った。相変わらず寝息をたてながらも、内なる声は私に厳しく、とどめ置かましの友情に畏れ入った。

それから三ヶ月後、「安美ちゃんが亡くなった」と、友人からの訃報が届いた。

最高の悪友に、「安美ちゃん有り難う。忘れないからネ」と、合掌した。

伊藤農園と桂子さん

伊藤さんは大分県の中津で、梨農園を営む主人。桂子さんはその奥方。高校卒業後三十年振りの同窓会で再会、学生時代グループの一人ではなかったが、梨作りに精を出している事を知った。

御夫婦で頑張って、梨の品評会ではそれぞれの作品が、最優秀賞に輝いた。豊水（ほうすい）や菊水は絶品である。良いライバルの御夫婦に心から拍手であった。

伊藤さんの母上は大変なしっかり者で、周囲から、「息子の嫁に来てがないかも」と、言われていたそうだ。「それがなあ、良い嫁が来てくれたんじゃら」と、伊藤さんの開口一番に、幸せがお福割けしてもらえた。

奥さんの桂子さんは太っ肝の自然体で、万人から好まれている。私も梨をお使い物にするようになった。すると、母上と桂子さんから、自作の無農薬野菜がびっしり、送られて来た。三十年近くになる。その間に、お母上は呆気なく亡くなったが、毎年変わらず美味しいお野菜や果物が恵送される。桂子夫人の荷作りの上手（うま）さは、周知のようで伊藤さんの自慢でもあり、心の籠もった中身を一つ一つ取り出しては涙が出る。まるで里の母から送られて来たようで。

筍が出始めると、大きな箱に一本一本新聞に包んで、蕗と一緒に毎年送って下さるので、スーパーで見つけても、伊藤家から送ってくれるから、買わないで帰ると伊藤さんに伝え

た。すると、可笑しそうに当てにしていることが分かったようで、次の年は伊藤さんから、

「筍が石綿ち名前を付けて萌えて来た」

と、電話をもらい、どっさり桂子夫人の荷作りが届く。次の年は、

「もう萌えて来んでん良いのに、又、萌えてきたァ、食べるで？」

と、知らせてくれる。私は毎年待つようになったので「送ってェ！」と飛び付く。

桂子さんがいつものように、新聞にくるんで糠と、とうがらしまで同封してある。伊藤農園からのダンボールが届くと、胸が熱くなり合掌するようになった。

伊藤さんには地元のマドンナ、福岡のマドンナ、京都のマドンナ、東京のマドンナと、各地にマドンナが居るようだ。本人や家族が忘れていても、「誕生日おめでとう」の電話をくれる。この商魂には頭が下がる。

闇を切ってくれる底抜けに明るい声で「もし、もーし」と、電話が掛かると、我が家は皆「アッ！　伊藤さん！」と、名のらずとも分かる。

五十代の同期会を楽しみにしていた私は、行く寸前に足の指を骨折した。諦められずに足を引きずりながらも、九州へ飛んだ。

予定の中に高台の地蔵尊参詣があった。バスでその前まで運ばれたのだが、降りてみると、お堂まで胸突き八丁の長い階段が待っていた。伊藤さんが私の足元を見て「大丈夫で、上りきる？」と、心配してくれた。

「大丈夫じゃない、負うて」と言うと、小柄な伊藤さんは太った私を見て、息を飲んだよ

うに、

「この前、負うたら、あんまり重たかったき、もう負いきらん」

側に居た人達と大笑いして上ったのできつかったどうか覚えていない。

伊藤農園には、他の同級生も良く梨を買いに行くようだ。皆親しみを感じるのだろう、「桂子さん」と、呼ぶそうだ。

ある時、桂子夫人がお友達と泊まりがけで旅行に出た留守中に、

「保健所から健康診断の結果報告が届いたんじゃら——」

と、伊藤さんから電話があった。開けて見ると胃癌の疑いあり、奥さんは再検査が必要という内容だったと言う。

一人で淋しく留守番をしていたのだろう。伊藤さんの心中や如何ばかり、と、思いきや元気で予定通り帰宅された奥さんが、早速、保健所に再検査に行って、その結果何でも無かったと帰って報告したそうだ。

忙しい毎日から解放されて、楽しみ休養もとれた事で、その陰が消えたのではないか、と、私は想像した。

後日、桂子夫人へ、

「旅行に出ている間に、良くなったのかも知れませんね、再検査の案内が留守中に来たのも良かったですね、奥さんの有り難みが身に沁みたのでは——」

と、語った。

休養もとれて、すっかりお元気の桂子夫人は、屈託なく笑われた。伊藤さんにとって桂子夫人は最高のマドンナだと思った。

遅くなったが、息子さんに立派な嫡男さんが出来て、私も本当に嬉しく思った。これまでのお二人に子孫が授かったのは並々ならぬ精進の賜物と拝察する。

理想的なご夫婦に出会えたご縁に、私は心より感謝している。我が家が試練の時の慰め、さりげない励まし、その温もりは決して忘れない。合掌

勝手に言葉が飛び出す―友人、ひろさんの事―

大晦日の夕刻、私はまだおせちの仕度に余念がなかった。そこへ、ひろさんから電話が掛かってきた。

娘さんの危険を察して、切羽詰った揚げ句訴えて来たのである。ある宗教団体に関わって、その異常さは家族の説得も聞かないと言われる。私も身に覚えがあるので、その親心に共鳴した。

とは言え手も足も出ない己れに、歯痒い思いをしていると、何の役にも立たない私に絶望したひろさんを感じて、瞬間うろたえた。すると、

「娘が私の説得を聞かないで、教団へ行くなら、本部へ乗り込んで娘を取り返して来る！」

と、捨て身の決意を訊かせた。ハッとして、死ぬ気だッ！　と思った途端、

「私も行くッ、一人で行く事はならんよッ」

と決めつけた。母親の苦しみが身につまされて、一人で行かせてなるものかと、ひろさんに食らいついた。すると、泣き崩れ嗚咽が聞こえて来た。私は黙っていつまでもひろさんが泣き止むまで待った。涙を出し切ったらしく、

「石綿さん、おせちの材料が有るから、これから持って行く」

と、泣き止んだばかりでも冷静になっていたのである。こちらはキョトンとしたが、落ち着いたようなのでホッとした。暫くすると山のようなおせちの材料を持参下さった。そして、

「これから家族で、初日の出を拝みに行くのよ」

と、気持ちはすっかり晴れた様子だった。ひろさんは待っている車に向かって軽く弾んだ。

「良かった、良かった、初日の出を拝みに行くの、それは良いわネ」

と、繰り返しながら送って行くと、暗い車の中も何か明るい空気を感じるのだった。私は早速頂戴した材料を調理し、おせちに加えた。そして、先ほどの切羽詰ったものと、明るい今のこの時間帯の違いをつくづく考えたのである。私は共に生きる極意は共に死ねるかであると常々口にしている。一人では死なせないッ！　と、こちらの意気込みを知ったひろさんは、これが起爆剤となって、気がすむまで泣けたと思った。

又、お母さんに助っ人が現れた事で、家中の気が晴れたようだった。

私は三十代の前半男子を死産して、その嘆きに起き上がれず寝付いてしまったことがある。そんなある日、誰かがラジオのスイッチを入れた。するとルーテルアワーと言う番組が始まって、

「神はその人間にとって最も良いと思うことを成される」

と、聖書のみ言葉が聞こえてきたのである。『この苦しみを味わい知ることで、他人の痛みを覚えよ。肝に銘じるように、そなたにとってこれが早道である』と聞こえた気がした。去っていった子供からの声に、

「僕はこれを伝える為に来たんだよ、今育っているお姉ちゃんやお兄ちゃん達を大事にしてね」

と言い渡された。私は泣いて泣いて泣ききってやっと起き上がる事が出来たのである。

それ以来難題が降りかかれば、このみ言葉を唱え、必ず試練を活かそうとして来た。すると、考えてもいない事が、勝手に言葉となって飛び出すようになったのである。

女の轍

中学二年生の時である。和子さんと私は、籤が当たり学校より遺児代表として、九州から靖国神社へ参詣させて頂いたのである。

それからの縁となった、気の強い二人はよく喧嘩し、よく遊んだ。

嫁いでからも姉妹以上の絆と言って良いほどである。それぞれ母になり、その立場に励んでいた。千葉から里帰りの途中、関西に居た我が家へ泊まってもらった時の事である。互いに来し方を語り合った。

一徹（いってつ）な処のあるこの友人は、ＰＴＡに参加していたが、見解の相違で近所からも、学校からも孤立し村八分になってしまったのだ。

そんな所へ、認知症になったお姑さんを、迎える事になったのである。お姑さんは徘徊が始まり、目が離せなくなった。

外へ出て近所の人々に尋ねたくても、疎外されている身では、それもならず、その上酒豪の御主人は毎晩午前様で何の役にも立たないのである。お子達はまだ幼かった。精根尽きて、お里の母上に電話で訴えた処が、

「それを乗り越えよッ！　そこを乗り越えてこそ、三沢家（仮名）の嫁になるんだぞッ！弱音を吐くなッ！」

と突き離された。お母さんも又御主人に戦死され、家業を継ぐべく並々ならぬ処を堪え抜いて来たのだ。娘に叱咤激励しても、やさしく慰める事等出来なかったのである。

友が絶体絶命に立たされたその頃、学校では大変な事態が起きていた。警察ざたになる前にと、学級委員会が開かれる事になった。友はどのような事件かは語らず、私も詳しく聞こうとはしなかった。事件の犯人としてＳが人々の口から浮かび上がった。だが友はＳ

さんが犯人とは、思っていなかったのである。

議長が出席者に「Sが犯人だと思う人」と順番に答えさせた。大方は「Sが犯人」と言う中で、友は断言した。

「Sさんは白です」

すると、続いて答えた人達が皆、

「Sさんは白です」

と、答えたのである。議長はそれを聞いて、

「皆、Sが黒だと言っていたのに、三沢さんが白と言うと、後の人達もSは白と答えたのは何故かッ！」

と、詰問した。その返答が、

「三沢さんは今まで一度も、間違った事を言わなかった。その三沢さんが白と言うなら白です」

それを聞いた私は、感動の涙が込み上げて来た。その時、この友を心より誇りに思ったのである。間違いなく友の信念は正解であった。友に向ける周囲の目は、言わずもがなである。

その後、信仰を持った友は、不本意な宿命を歩き続けたが、これを支えにして、よく生き伸びたのである。お子達も巣立ちお姑さんもご主人も逝き、厳しくとも支援し続けたお里の母上からも「お前にここまでしてもらって、もったいない」と感謝されたと言われた

ほどに心ゆくまで介抱し、見送る事が出来た。闘い済んで陽が暮れた今も、友は愛と知足を語りつつ、さらに女の轍(わだち)を残して、八十路を歩いているのである。

すじがね入り

伊藤農園は御夫婦で、梨やぶどうや野菜を栽培している。愉快な御主人は私の同級生。桂子夫人は温かい気さくな婦人である。伊藤さんの母上は気丈なお方で、近所の人から、

「嫁の来てがなかろう」

等と言われていた由。それほどに筋金入りの気丈さだったのだ。

「それがなあ、こんな嫁が来てくれたんじゃら」

伊藤さんは満足そうに笑い、桂子さんにお会いして私も嬉しかった。伊藤農園から送られて来る野菜は、伊藤家自慢の無農薬である。桂子さんから健在だった頃の、お姑さんの事を聞かせてもらった。

桂子さんが伊藤家に嫁いで来ると、近所の人々が「辛抱できるかしらん、どれくらい置りきるやろか」と噂していた由。ところが、このお姑さんが、台所の事は一通り嫁に教えて、即、財布、年金、通帳の一切合切(いっさいがっさい)を桂子さんに渡した。

以来、家事は嫁に任せて、毎日御夫婦で畑に出たのである。家事をすませると桂子さんも、後に続いて、畑に行き仕事を習い覚えた。

伊藤さんはサラリーマンだったので、先に身に付けた桂子さんから伝授されたのである。伊藤さんは母上に促されて、早めに退職した。そして、夫婦で競い梨を品評会に出して、各々最優秀賞を獲得したのである。

仏間には〝おしどり夫婦〟の表彰状も有った。桂子さんが、

「石綿さん、私は嫁に来て一度か二度あったかしらん。里に帰ったこと無いんよ。帰るとな『両親を大事にせえよ』ち、これしか言わんのよ。父も母も兄まで同じことを言うんですよ。『親を大事にせん者な、つまらん』ち言うてな。

ここのお義父さんは、それは立派な人で、誰からも好かれよった。よく人が相談に来よったですワ」

と、お舅さんのことも聞かせて下さった。伊藤さんの父上は徴用の為、長崎の三菱重工で原爆にあった。家屋が崩れて下敷きになっても頭が梁の中へ入って、九死に一生を得たと言う。

大分県と福岡県の境にある、山国川の側の中津まで歩いて帰還されたとの事。地獄を這って命からがら辿り着いたのである。流石に服も靴もボロボロになっていた。

伊藤さんのお父上は農業学校の指導員の資格を持っていた。幸い知り合いのってで松林を提供して下さる方が居たので、復員後はこれを開墾したのである。

伊藤農園で収穫した物は格別に立派で、それは美味しく業者が買い取りに来ていた、と桂子さんは懐かしそうに語り聞かせて下さった。私は桂子さんより伺ったこれまでの事を

徒や疎かには出来ないのである。

　お舅さんの頑張り、お姑さんの聡明さ、お里の一途な姿勢は貫く責任感の強さを感じる。私にとってお手本となる筋金入りである。

その時の友

　平成十年、私が還暦を迎えて間もなく、夫は七十三年の人生に幕を閉じた。長かったような、短かったような、よく燃えた三十八年の夫婦の縁であった。

　山有り谷有りの時間的距離を経て、次第に平常心になれる日も増してきた。生きる歓びも味わい始めている。

　今このような心境になれるのは、友人たちの真実の言葉の力が大きい。子供の関係で親しくなり、子育てや家族の事を語り合うようになった友人がいる。三十代のころのある日、難儀な問題を、どうしたものかと、尋ねられたことがある。こちらもまだ、人生に答えを出したわけではないので、それに対して、

「私はただこうすればよいのか、ああすればよいか、と工夫している最中なのよ。いま考えられることが正解かどうか分からないから、もう私には訊かないで」

　と、答えたのだった。すると、

「いや、そうじゃないの、石綿さんが答えを出すと困るのよ！　答えを出されると、石綿

さんは特別な人だと思って、相談しなくなるのよ。どんなに辛くても、石綿さんが頑張り続けている。その姿を見て、あんなになってもまだ、やっているワ。私も頑張れるんだわって……だから、答えを出されると困るのよ」

と、慌てた顔で私を見るのだった。言葉は縋っているようでも、気が付くと励まされていたのである。この友人もまた、私に負けない荷を負っていると察しられて、しみじみその言葉を味わうのであった。

私は子供が好きで、授かった子供を育てることは生き甲斐だった。そんな私に安心した夫はゴルフに打ち興じ、常道を逸したほどである。業を煮やした私は、これに対して捨身の方法で、反旗を翻した。

やっとのこと、夫は自分の専門である「港湾土木の研究」に取り組み、発明から製品へと完成させることができた。だが犠牲は大きく、企業に活かされるまでの、道のりは厳しかった。気が付くと、大切な子供たちの努力も純粋な心も拗伏せてしまっていたのだ。

東に全力投球の父親、西を信じて疑わない母親、その間にいる子供たちを、母親が西に連れて行けば、その魂は東へ向いている父親に引き寄せられる。母親が西に連れ戻す。子供の身体が西に一里進めば、魂は東に一里離れる。このような歳月を繰り返して、子供たちは意識と無意識の世界に苦しんだ。長い道のりをやっとの思いで辿り着き、心と身体が一つになっても、持続できないのである。

背水の陣で勉強した長女は、看護学校を優秀な成績で、卒業できたにもかかわらず、ここまでが限界で伸び悩み、自信をなくして横道に逸れた。無理をしたところから、壊れ落ちて行くのである。そのため、報われることがなかった。

　頼り甲斐の有る次女は、他宗に飛び込み、私から去った。子供たちは次第に疲れていき、二番成り三番成り、末生り（うらなり）のような人間に育っていくのである。岸辺が見えたかと思いきや、逆流に飲まれて、また岸から遠ざかってゆく。

　私はただ大いなるものに縋って、内なる戦いが続いた。おとなしい長男は、母親への思いやりを見せながらも、蹴るようにして家を出た。理想的な少年といわれていた次男は、行くも地獄、留まるも地獄の結婚に悩んだ。家族に希望を感じさせる三男は、成人式を迎えるころになると、「家族が負担」と言う息子になっていたのである。

　私はただ己れの不徳を噛みしめた。夫に仕事をしてもらわねばと、立てた志には、最も愛するものをいけにえにするはめとなった。それでも、このような現状を打破できたのは、やはり三十代初めのころ、友人から真実の言葉を聞かされていたからである。

　矢尽き弓折れ、気力もなくなったある日、友人に訴えたことがある。

「もう、精根尽きたワ、これ以上何もできない……」と突然の電話で私の声を聞いた友人は間髪入れず、「言（の）ってもらわん！」と決めつけた。身の危険が迫ったように怒ったのだ。

「あんたに道が失うなったの、精根尽きたと言うなら、私はどうなるの！　あんたに付いて来た私は！　私を頼りにしている家族をどうしてくれる！　道を間違わない人だと思って、子供の時からズーッと、あんたから離れなかったんよォ！　今さら道が失うなったなんか言ってもらわん！」と、叩き返されたのである。

この迫力ある怒声に対して、私は一言も無かった。三十年経った今も思い出しては涙が溢れる。よくぞ言ってくれた、と私はそれ以来この友人を放すまい、と思うようになった。そのとき、これ以上の励ましとなる言葉が、ほかにあっただろうか。私を立ち直らせたこの一喝こそ、友の慈悲であった。

おかげで手の届かなくなった子供たちを、深追いせず先回りしようと、考える余裕も出て来た。先回りとは、どのような事態になっても、受け入れてやれる自分に、なっておこうということである。百戦連敗のようでも信念に生きる私は、だれかの役に立っているのだ、と二人の友人により学んだ「人生、友ありてこそ」と、いま心より感謝するのである。

幼なごころ

我が家から三軒先に、同級生の八重ちゃんが居た。私達はやさしい担任の先生に受け持たれて、三年生の時同じ組になった。

何をするのも鈍い私だったので、図工の時間に封筒がなかなか出来上がらず、「今日は仕上げるんョ」と、先生は「教えてやって」と言って、八重ちゃんにも残ってもらった。手伝ってもらってやっと出来たのである。私の為に残ってもらった事で、幼な心にも恐縮しつつ一緒に帰った。

近くのお稲荷さんでママゴトをする時、お姉さんの喜美ちゃんが「八重ちゃん茣蓙持っておいで」と言うと、「うん、美代子ちゃん一緒に行こう」と私の手を取って走り出した。その速い事といったら、足が縺れて転びそうになるほどで、（リレーの選手ってこんなに速いのか）と感心しながら走った。

八重ちゃんは一人で走って行かずに、私の手を放さず速度を加減してくれる。私はやさしい八重ちゃんを尊敬していた。勉強は良く出来るし、リレーの選手だし、可愛いし。

ある日、「お琴の稽古に行くから、一緒に行って」と言うので、遊びを止めてついて行くことにした。

私もお座敷に上げて頂き、なんと吃驚した事に、お琴の前に座っているお師匠さんは、目が見えない方だったのである。何も見えないのに、お琴を教えている姿が貴く映り、それはもう胸が一杯になった。目を見張って稽古風景を眺めていた私は、側に有った団扇でお師匠さんを扇ぎ始めたのである。

幼な心にも、何かお手伝いしないではおれない気持ちになるのだった。幾人替っただろうか、やがて八重ちゃんの番になった。私は疲れても扇ぐことは止められなかった。八重ちゃんのお稽古が終わって、やっと団扇を置き、二人で玄関まで行った頃、お師匠さんが、「姉さん！　ネエーさあん！　どなたか私をズーッと扇いでくれていた！　いつまでもいつまでも扇いでなァ――何かお菓子上げておくれえーッ！」

と、大きな声が聞こえて、呼び止められた。そしてコンペイ糖の様なお菓子を包んで、私達二人に渡された。

お師匠さんは見えないのに、団扇の風だとか、扇いだのが子供だとか何故分かったのだろうかと、不思議でならなかった。お琴を聴かせてもらった上に、感心と誉められてお菓子まで頂いて、思いがけず盛りだくさんな喜びの一日だった事、時折思い出しては、懐かしんでいる。

八重ちゃんが先生の御用で、学校に残ったある日、帰る途中に有る八重ちゃんのお家に遅くなる事を、私が伝言しカバンを届ける事にした。母の手作りの脱納は気に入っていたが、バックスキンの渋い薄茶色のランドセルは憧れだった。

預かったランドセルを背にした途端、優秀な八重ちゃんになった気分で、脱納を小脇にかかえ、得意になって歩いた自分の姿も思い出しては、笑っている。

昭和二十一年の夏、海に近い川の側に有る我が家は、大洪水に見舞われた。

福岡県と大分県の境となる、大きな山国川から押し流されてくる赤茶の水は、材木や家を飲み、うねりながら周防灘に向かっていた。向こう岸に材木が打ち上げられ、その間に人が挟まれてぐったりしていた。

「あれは吉蔵じゃないか！　あれは吉ちゃんどォー」

と大人達が強い濁流に手も足も出ない、向こう岸を指さしていた。大人に混じってこれを見ている私は、自然の凄さに息を飲んだ。

親戚の小母さんも亡くなり、打ち上げられて収容されたのである。何体もの中に置かれていた。祖母が八幡から駆けつけて「キミよォ——」と泣き壊れた。あっちでも、こっちでも大人が嗚咽していた。

二十三年にも同じく、多くの犠牲者が出た。この年同じ組で皆に一目置かれている、それは強いゴンタが居た。仲君だ。夏休みも終わって始業式の日、朝礼で前の方に警察の人が来ていた。（何かなァー）と思っていると、彼が呼び出されたのである。朝礼台の上に立って、感謝状を渡された。十歳かそこらのガキ大将が、洪水に流されていく赤ちゃんを、濁流の中に飛び込んで救ったと言う、この快挙！　ワンパクな彼は、唯者ではなかったのである。

それ以来取り巻きがいつもの様に、御注進に及んでも「放っとけー」と言う感じで、簡単には動かなくなった。以前は「何イッ！」とばかり殴り込みに行っていたのが、もうすっかり大人のように落ち着いていた。

捨て身で救おうとする縁は、めったに無いと思う。子供の内に一生分の徳を積んだと言う感じで、後は小さな事に見えて来たのかもしれない。大人になった小さな戦士を、私の幼なごころが、じっと見つめていた。

残念ながら八重ちゃんは、三十代で亡くなったと、風の便りがあった。

キチゾウさんはどうなったのか、その後、何の噂も耳に入らず、あの時すでに亡くなっている姿ではあった。

仲さんに同級生がこの「幼なごころ」のコピーを送付すると、その年の四月に亡くなっ

ていた由。とてもやさしいお父さんだったので、

「おやじは、子供の頃こんなガキ大将だったのかッ！」

とお子達が吃驚したとの事、随筆のコピーを喜ばれたと便りがあった。八重ちゃん、キチゾウさん、仲さんの供養になった気がする。三人の冥福を祈って合掌。

忘れていたが八重ちゃんのお姉さん喜美ちゃんに〝幼なごころ〟を送ると、妹の知らない処が分かって良かったと言って、大変喜ばれたのである。こちらも感謝だった。

石に刻んで

「三鈴さんが死んだ三鈴さんが死んだ、三鈴さんが……」

「勘平さんが死んだ、勘平さんが死んだ」と言う北原白秋の詩「おかる、勘平」のおかるのように、私も「三鈴さんが死んだ……」と繰り返した。三鈴さんが、

「私の生きていた事を、石に刻んで……」

と言っているようで。

あれは、母が亡くなって一ヶ月ほど経ってから、

「どおお、少し落ち着いて来た？　淋しさを感じ始めたのでは――」

と、そおっと労わるように伺ってくれた電話の声は、しっかり耳に残っている。少し話してから、

「三鈴さんは気づいていないかも知れないけれど、私にとってその時一番大切なことを言ってくれるのよね、夫の時もそうだった」

と、話した。すると、私の奥底まで汲み取るように、

「分かっているわョ――」

と即答した。その温もりには張っていた気持ちが、砂山に水を掛けたように壊されそうになった。

私の母も大往生とは言え、残った者には波乱含みという事を、とても案じてくれていた。家々の松飾りも取れた一月二十日、姉上思いの弟さんより、三鈴さんの訃報が届いた。母の四十九日の法要を勤め帰宅して間無しの事である。絶対認めたくなかった。たった今灰色の一つ紋を脱いだばかりに、続いて三鈴さんの死を受け入れるのは酷であった。去ってしまった三鈴さんを、

「チョット待ってよォーッ！」

と、追っかけて、

「断わりもなく突然逝って、何に気づけと言いたいのォーッ！」

と、あーも考えこうも考え、やっと完璧主義の三鈴さんの限界だった、と思うことにした。生前「そこまでやったら、ポキンといくよって言ったじゃない」と話した。そして私も「いいかげん、草臥(くたび)れたワ」と、音を上げた時、三鈴さんから「アア、いい加減くたびれなはいッ」と、叱るように言われた事を思い出す。この訃報を同級生に次々知らせ、一

人一人と三鈴さんの思い出を語り合った。皆の脳裏に好感度が高く、電話は簡単に終わることはなかった。

「勘平さんが死んだ」と、おかるが泣いて泣いて溺れ死にでもするように泣いて、ふわふわと飛んでゆくたんぽぽの穂のように、「勘平なんか、どうでもいい」のくだりに近い私だったのだ。衝撃と疲れが重なり「三鈴なんか、どうでもいい」と、ばかりにぐったり寝入ってしまった。

葬儀の日、同級生五人が代表して参列した。可愛がってもらった私の娘も孫も参列させて頂いた。三鈴さんの御兄弟とその御家族からは、どれほど必要とされた三鈴さんであったかが窺えた。私はもっともっと三鈴さんを語ってもらいたくて、切りがないほどだった。横浜オラトリオの会員だった三鈴さんを、会の方々が葬送の曲を心の籠った合唱でお見送りされた。それでも私は止どめ置かましの三鈴さんを偲び足りず、落ち着かないままお暇する時が来た。

遺影の前まで行ってお位牌を拝見した。途端に私は随喜の涙で、三鈴さんを抱き締めたい衝動に駆られた。三鈴さんが全て現わされた、それは立派な法名が記されていたのだ。（良しッ！）と、心の底から納得して失礼する事が出来た。弟さんの御挨拶が温かく、お嬢さん御夫妻の孝行振りも合掌だった。

月日の経つのは早く、私も四十九日のお知らせを頂いた。法要のお膳に直って弟さんから、三鈴さんの思い出を披露された。高校入学して人文の先生に、「君は秋永三鈴の弟

か」と問われて頷くと、

「君のお姉さんが予餞会で演じた、富樫は実に素晴しかった、それは大したものだった」と、お姉さんの演技を大変に誉められて、自分の影が薄くなったほどだったと、おっしゃった。と、おっしゃった。遠い昔の話題に懐かしくなった。

　実はその勧進帳には私も出演していたのだ。

「本当は、その富樫は私の役だったのですョ」と、続けた。

「国語の時間、本読みはよく指名されて私も好きだったので、台詞は自信が有ったのですヨ、ところが稽古が始まってみると、どうしても富樫になり切れず、私には困難な役と分かって困ったので家でも練習に気を入れていた。そこへ母がやって来て、『あんたには無理。富樫は名優がやるものよ、何のあんたに出来ようか。誰か上手な人に替ってもらいなさい。あんたは黙って下を向いている義経をやりなさい』と、断言して早速衣装になる着物を出して来たんですョ。私も母の言う通りと、あっさり認めて義経役だった三鈴さんに替ってもらう事になったのです。弁慶の小夜ちゃんも嵌っていて上手だったけど、三鈴さんの富樫と丁々発止が絶妙でね、交代して良かったと思いました」

　と、そのいきさつを披露した。

　童女のように無邪気で明るい性格の三鈴さんは舞踊もお師匠さんかと言われたほどである。書道は八段から九段を目指していた達筆。合唱団ではソプラノを受け持ち、「歌が命」と言った三鈴さんは、八十周年記念公演に向けて、練習の最中に倒れ、アルトを受け持つ愛娘の腕の中で燃え尽きた。

十日に一度はかけてくれた電話がかかってこない。やはり三鈴さんは逝ったのだ。愛して愛して愛し抜いて。

泣いてフィナーレ

その日は、渋谷の「青い部屋」という、シャンソンを聞かせるバーへ、友人と一緒に出かけることになっていた。

歌手になった友人の歌を聞くために、楽しみにしていた当日である。ところが思いがけなくも、古い友人である篠沢さんのご主人から、その朝電話をいただいた。

「一月に家内が亡くなりました――」

と。告げられて、瞬時、私は取り返しのつかない思いをした。

健やかでないことを知っていたので、気になり、時折お尋ねしてみようと、思い出してはいたのである。そうはいっても、ことばが虚しく自分の気持ちは届かないような気がして、尋ねそびれていたのだった。

亡くなった篠沢さんの御母上とも面識はあり、母娘で案じ合い、じれったがる強い思いに、結ばれたこの母娘の縁の深さを、私は感じていた。すぐにご高齢の御母上の息災を尋ねた。すると、前の年、既に他界されていたのである。せめて逆でなかったことに、私はホッとした。

友は御母上の四十九日の法要にも参列して、三日後、その後を追うように逝った。ご主人は、

「家内の手帳から、電話番号が分かりましたので――」

と、生前の交友に対して、ごあいさつをなさる。ご主人の憔悴されているようすは、手に取るように感じつつ、お二人のお悔やみを申し述べた。

電話を切った後、なぜ今日なのだ、と今は知らされたことにこだわり、出かける支度をしながらも、気持ちはここにとどまっていた。すると亡き友と最後に会ったのは、

「シャンソンの切符が余分になったから」

と、突然誘われたあのときで、その日は二人共酔いしれるほどに、魅惑の舞台に満喫したことを思い出したのである。今日は私がこの友を、いざなおうとして、

「一緒にシャンソンを聞きに行こう」

と、呼びかけた。そうか、だから今日なのだ、とこの日に知らされた意味が分かる気がした。

私は歌を一緒に聞いて、亡き友の供養にしようと思った。この日誘った友人と共に、会場へ着くと前の方だけ空いている。別の友人も中ほどにいたが、いちばん前の席に行って座った。歌が始まり、一曲ごとに胸が熱くなる。亡き友が横にいるようで、連れの存在が薄れるほどであった。

だれの歌を聞いていても、亡き友と御母上の姿が浮かんでくる。次第にこの母娘の思いの深さがどれほどのものであったかを感じて、涙がとめどなく溢れ、ハンカチで拭いても拭いても、止まらなかった。

名古屋から来たオカマの歌手、オードリーの登場で、「ぼくは今、家で父親やってます。子供は父親が、こんな格好をして稼いでいるなんて、知りませんヨ――」と笑わせたが、私にはジーンとする台詞(せりふ)である。小ばなしを入れながらの歌も哀愁をおびていて、その切なさに私は泣き続けるのだった。

やがて歌いながらステージより、こちらの方に向かって下りて来た。

私より後ろの人に近づいて行って、

「あんたァ、泣いてんの？　バカねえ、これくらいのことで泣くんじゃないの。楽しく生きなきゃあ……あの人見てごらんなさい、ケロッとしてシャアシャアとしてるわよ。ああ、なんなくっちゃあ――笑って生きるのよォ……」

と、またステージに戻って聞かせる歌に、私はハンカチを絞るほど泣いた。それは亡き友の涙でもあると思った。

友人の歌も、か細い神経の震動が伝わりもっと聞きたかった。フッと向かいの席が一つだけ空いていることに気がついた。亡き友は（ここに座っているのだ）と思って、また泣いた。生前、友の病を心痛して語るお嬢さんについ、詰めよったことがある。

「お父さんは何をしていらっしゃるの」

「父は悪くありません」

と即答して、その説明をするお嬢さんの、ご両親への深い思いに私は感動した。このことが、切れそうになっていた友人との仲を繋ぎ止めたのである。

そんなことを思い出しては、亡き友と御母上の姿が浮かんでくる。自分を含めたいろんな母子の姿が重なり、「母子が案じ合う絆には入る隙がない」と、それほどのものを感じたのである。ご主人の寂しさを思った。横の席にいる友も思えば、強い絆の母子である。真中ほどにいた友人の母袋さんも、この日お嬢さんとご一緒で、久方ぶりの再会だった。真面目なお母さんの頑張りから、お嬢さんは素敵な女性に成長していた。

舞台が終わると、この方が私の所に来て、

「大丈夫？　あまりハンカチで顔を拭くから、気分が悪いのではないかと思って、救急車を呼ぶつもりで石綿さんから目を放さなかったのよ」

と、心配された。

それほどに泣いてフィナーレが終わると、また舞台から下りて来たオードリーが、今度は私の所に来て、

「ありがとうー」

と言った。私が泣いているのは知っていたのだ。亡き友にお礼を言われた、と思った。

小さな店で満員だったが、向かいの席は最後まで空いていたのである。

恋も人生の中

私の初恋―青葉茂れる桜井の―

高校一年生の時かと思っていたら、「初恋が遅いわネ」と言われるので中学、小学校時代を遡ってみた。

すると、思い出したのである。（格好良い！）と、思って立ち止まったのは、幼稚園でおゆうぎ会の練習の時だった。私は「カモメの水兵さん」のおゆうぎを皆とお稽古して、お部屋に戻る時、選ばれた数名の男の子が、お芝居のお稽古をしていた。

子供ながらに役柄を弁えて（わきま）いるような、凛（りん）とした楠木正成が中央に座っていた。仮衣装を付けて、先生に台詞（せりふ）の指導を受けていた。烏帽子を被った立派な、六歳の楠木正成だ。遠くより惚れ惚れと眺めながら、いつまでも見ていたかったのだが、後ろ髪を引かれながらも、皆と一緒に通り過ぎるしかなかった。

青葉茂れる桜井の
里のわたりの夕まぐれ

木の下蔭に　駒止めて
世の行く末を　つくづくと
忍ぶ鎧の袖の上に
散るは涙か　はた露か

の曲が流れる。間もなく我が家は大分県の中津へ疎開して行った。永遠の別れとなりにけりであった。

忠孝の　和子お座します　シモツケ草

七月十日の誕生日の花がシモツケ草だそうだ。ひそかな恋を意味している由、丁度これを書き終わった七月十日のラジオ深夜便で知った。

私が赤エンピツ

青春は高校一年の一学期から。グループの一人浩ちゃんと次の授業の教室へ移動のため、校舎の廊下を歩いていた時の事。先方より憧れのOさんが、こちらに向かって歩いて来た。二人は嬉しくて肘でつつき合った。近づくにつれ、Oさんが私を見ているようで緊張が高まった。カチカチになっている私の横をOさんが通り過ぎた途端、浩ちゃんが「うちを見てたわ」と言った。自分だと思っている私は「うちを見てたんよオッ！」と言い返した。譲らない二人は廊下を歩いている間中「うちが先にみつけたんやからネッ」と張り合った。

　私達は学期末試験が近づくと、町の図書館へ行って勉強した。その時も浩ちゃんと二人で行った。フッと気が付くと向こうの方にOさんが居た。二人で大悦びした。試験の日が近づけば席が取りにくいので、次の日は席取りとOさんに会える楽しみで、図書館へ急いだ。すでに一杯で席を取るのに焦った。それよりOさんの姿が見えない、自分たちが座る席より、そっちの方をキョロキョロしつつも、私達は入り口近くに場所を見つけて座った。（アーアー、今日は来れないのかなァ）とつまらない気分でなんとなく入ってくる人達を見ていると、ジャン！　Oさんが入って来た。また浩ちゃんと膝でつつき合った。

　彼のために私は空いている席を目で探し、どこへ行くのかなァと、思いながら教科書や帳面を出した。すると、彼がこちらに近づいて来るではないか。そして私の前に立って鞄を置いた。心の中で（どおするう）と、浩ちゃんに呼びかけながら、ロボットのようにぎこちない動きで筆箱を出した。

　Oさんの席も決まり勉強道具が机の上に揃って、ページをめくっても、Oさんに囚われてしまった私は正に「心ここに有らざれば見るもの見えじ」だった。浩ちゃんを見ると真面目にエンピツを走らせている。（こんな時ほど浩ちゃんは励むんだ）と感心した。内心は分からないが、冷静に見える浩ちゃんを見習って、私も筆箱から赤鉛筆を取り出した。

ところが手から落ちてコロコロとOさんの方に転がって行ったのだ。赤鉛筆は私になり切って、Oさんの真ん前に行って止まった。赤い顔をして……

気が付いたOさんが取って下さった。ちゃんと私の顔をご覧になって、そのおやさしい眼差しに「有り難う」と、言った私は急にお上品になった。この赤鉛筆は浩ちゃんから「貸して」と言われないうちに急ぎ紙に包んで、鞄のポケットにしまい込んだ。誰にもさわらせない大切な宝物になったのである。

翌日、学校で見せびらかした。Oさんは地味な方で目立つお人ではなかった。そのうち浩ちゃんとカコちゃんは抜け駆けを始めたのである。つてを得てOさんが先輩のお宅へ行く日に自分達も行って、Oさんの写真を手に入れていた。

そんなある日、Oさんと同級の兄から「お前は誰が好きなのか」と、聞かれた。即「Oさんが好き」と、言うと「何だO君が良いのか」それで、「二人はズルイんだから」と、言いつけると「それなら、俺が写真撮ってきてやるよ」と、言ってくれたのだ。

優等生で生真面目な兄は劣等生で遊び好きな私にとって、あまり面白くない存在だった。これを聞いて（良いところあるんだワ）と、嬉しくなり自分で自分を抱き締めるほどであった。

兄がOさんと親しいようなのが有り難く、皆より優位に立った。兄は待たせる事もなく「出来たぞ」と、渡された写真は同じ物が四枚あった。「何で、一枚で良いのに」と、言うと「お前達四人で好きなんだろう。皆に配ってやれ、喜ぶ」だった。優等生は（気がきき過ぎて……）と、そんな気分だった。ところが、兄にここまでしてもらった私は、だんだん、Ｏさんに熱を上げる事などおこがましい自分に思えて、気持ちが萎んでいった。受験態勢の緊張したＯさんには、近よれないものを感じてきたのだろうか。それでも会えた日は幸せで、アッという間の一年だった。

　楽しい思い出を残してくれたＯさんも兄も卒業して、私と故郷を後にした。未来に向かって行ってしまった。

　歳月を経て、私も還暦を迎える初老になり、典子従姉さんから思いがけない、あの時の事を聞かされた。Ｏさんから「僕が東大に合格したら妹さんに伝えてくれ」と、言われていたらしく、兄から聞いていた由（……そんな事があったとは――）つゆ知らない私は、卒業後三十年ほど経った同窓会で、Ｏさんの学年だけが集っているところへ、チャッカリ割り込んで言葉は交さなかったが、Ｏさんの横で写真に写ってきたのである。

転んでも只では起きたくない私

　叔父夫婦が門司で割烹旅館を営んでいた。手伝っていた看板娘の私を、突然尋ねてきたお客がいる。前から気になっていた彼である。

「今から和布刈のパゴダに友達を案内する事になったので、行ってくるんだけど一時間で帰ってくるから居てくれない、大事な話があるので必ず一時間で帰ってくるから、待っていてッ」と念を押して走って行った。

私はただ「はい」と、返事をして忙しそうと思うくらいだった。もしかして、という気もあったが、丁度謡曲のお稽古の日だったので、先週休んでもいるし、で、今日は行くつもりでいた。一時間あれば帰ってこれると考えて出かけたのだ。

ところが、この日はいつもよりお師匠さんは、長く稽古をつけて下さるので、私はだんだん焦り出した。今思うに気もそぞろの私に念を入れられたのかも知れない。

走って走ってやっと帰り着いたところへ母がきて、

「すぐに電話しなさい。一時間で帰ってくるからって約束したって言ってたよッ、どうして約束を守らないのかね、力を落としたようになって帰って行ったよォ」

と、聞かされて震えるほど緊張した。

電話を入れると「息子は急に東京に帰ると言って、先ほど飛行場に向かいました」と、彼のお母さんから聞いた途端、私の時が止まってしまった。これまで具体的な言葉は交わしていなかったが、互いに胸中の人だったのだと痛く噛み締めた事だった。

それから、何をしても気が入らず虚空を見ていた。とはいえ自分を取り戻さねばと、危険を感じ始めた。何故このような事になってしまったのか、急ぎ原因を追究した。私は何故謡曲の稽古に、彼は何故上がって待っていなかったのかと、私が悪いのか、彼がせっかちなのか、そのような表面的なところにある問題ではないような気がしたり。すぐに横山の観音様の堂守りさんに伺いを立てるよう、母から急かされた。

「心を決めて去って行っているから、もう後を追わないように」と、堂守りさんから聞かされても、納得するのは容易ではなかった。私が居ない事を知った時の様子を母から聞き、慌てて電話を入れた時は、もぬけのからだったり、（どおしてッ！）と、己れを見据えないでは、吹き飛ばされそうな紙屑のようになってしまった。

その時の私の魂は彼を追って体から抜け出てしまい、居るのはただの物体のようだった。フッと（私は愛される事が愛であり、自分が人を愛する事等、考えたこともなかった気がする）と、そんな事を考え始めた。愛が他者に積極的であれば、彼の言葉は嬉しくて一時間くらいの事、待っていたのではないか、もしかして、逃げられたと思ったのだろうかと考えた時、細胞が絞られるほど痛んだ。後を追っかけた私は振りきられた気持ちになり、（同じ絶望を味わうためだけの二人の縁だったとは……）と、そこに到ったのだ。こんな思いは二度と味わいたくない、と懲り懲りした。繰り返さないために答えを出さねば動き出せなかった。やっとの事これからは与える愛に徹底する、と心を決めた。

すると、その決意が成った時、私の魂が還って来た事を実感したのである。

転んでもただで起きたくない私は、絶望の淵に立たされて初めて、〝意志をもって愛す〟という大いなる悟りを得たのである。

ところが、後に見合いで結婚することになった時（第二の人生はみずから開拓していく）と、心に決めた。それ以来私は決意する事の多い人生を歩く事になった。

結婚して十年くらい経ってから、近所の教会から誘われて、聖書の勉強会に参加させて頂く事になった。丁度その頃、愛してばかりも草臥れるので、神に誓ったわけではないし、私だって愛されたいヮと、そんな気になっていた。なんと聖書の朗読が始まった途端、「偽り誓うな、誓った事は神に対して果たせ」の個所が読み上げられたのだ。自分に言われたのかと思って、油断も隙もあったものではないなァと、一瞬神様を警戒した。それからというもの、宿業と夢との葛藤の繰り返しであった。

私は喜んで生きる技を身に付けるべく、大悟徹底した。そして〝方便に生きる技〟をつかんで八起き出来たのである。清々しい気持ちで鏡を見ると、かつての看板娘は七十六歳の老婆になっていた。もう取り返しが付かない姿にガクッとしたが、そこは転んでもただでは起きたくない老婆の内なる声が「可愛い、きれい！」なんて、もう聞き飽きたから、丁度良かった。きれいに磨いた心はピカピカだから、我ながら惚れ惚れするワ、二人分の修行をしたのだから、あの方もお幸せに決まっているワッー、ですと。

憧れの片想いは……

テレビの画面から、大好きな由紀さおりの歌が流れてきた。『恋文』。昭和四十七年ごろの曲である。

一、アズナヴール　流しながら

この手紙を　書いてます
秋祭に　買った指輪
小指に光ります
椅子の上には　赤い千代紙
窓のむこう　昼下りの小雨
何を見ても　貴男様を　想い出して候

二、熱いココア　すすりながら
表書きを　書きました
夢二の絵の少女真似て
矢絣を着ています
床にはらはら　芥子の花弁
窓を染める　雨上がりの夕陽
朝に夕に　貴男様を　お慕い申し候

この歌は恋に恋する私という乙女が、夢二の絵になっていきそうだった。その実、木材をお風呂の焚きつけにしていた我が家では、鉈を振り上げていたもう一人の私がいた。この歌を聞くと、懐かしい思い出が浮かんでくる。

二十歳の年。表千家のお点前を、花嫁修業させてもらっていた。

ある日、姉弟子の一人、孝子さんが嫁がれることになり、お師匠さんと弟子の数人が、お宅へお招きに与った。私は晴着を着せてもらい、お別れ会へ悦んで参じた。

何ということだろう。このお宅には三十センチほどだったか、それは可愛い国宝の観音様が祀られていたのである。御両親に迎えられ、そのお部屋で充実した宴が催された。

間もなく孝子さんのお兄上が現れて、

「今日は妹孝子のために、ようこそお運び頂きまして有り難うございました。どうぞごゆっくりなさって下さいませ」

と、ご挨拶された。控えめに落ち着いた物腰は、書生っぽく和服の紺絣がお似合いだった。妹さんへの深い愛情が伝わって、こちらも幸せに肖(あやか)れた思いだった。私は（孝子さんのお婿さんは、どのようなお方であろう）と想像するより先に、（このお兄上のお嫁さんになられるお方は、どのような女性であろうかァ）と、思い描き憧れても高嶺の花と、知りつつなお、思い巡らして候(そうろう)だった。

間もなく私にも縁談を頂くようになった。正式にお見合いの話を頂いた初めての相手に、母が飛び付いた。なかなか承諾しない私を、毎日毎日説得する母の言いぐさは、

「あんたみたいなボンクラは貰われる内が華よ。サッサと行かないと、すぐに縁談は来なくなるッ」

そして、

「こんな、タイプがあんたを幸せにするのよッ」

と、太鼓判を押すのである。父が戦死していたので、母は叔父や叔母たちに相談していたようだ。私としてはなかなか難しい縁と感じていたので、安易に心は動かず、母と私の持久戦となった。

そうとう経ってからのこと。ある日、叔父に呼ばれた。そして、

「姉さんの気持ちは堅いゾ。叔父ちゃんも説得するのは、もう難しい、姉さんもよくよくだわ。こうしたらどうかのう、式は上げて次の日帰って来い。叔父ちゃんならそうする。次の日帰って来て良いと言ったから帰って来た、と言う。美代ちゃんもそうせ。叔父ちゃんはオー良う帰って来た、と言って迎えるからのォー」

と、一気に考えを聞かされた。

思いも寄らぬ叔父からの思案のあげくを知りこれ以上心配させては申しわけない、と思った。年貢の納め時を考え始めた。

それでも、なかなか母に「行く」とは言えず、相手に対しても、自分にとっても、真実となる考えを決めるのに苦慮した。最終的には小母によく連れられて参詣した、横山の観音様に参って、とくと伺いをたてた。黙ってお聞き下さった堂守さんが、

「この結婚は使命だワ」

と、おっしゃった。私は赤紙を貰ったように釘付けになったのである。

この縁談を飲めたのは、己れを絶体絶命に追い込み、二十一歳までの人生と諦めた時だった。守られる境遇はこれで終わりにする。これからの人生は己ずから切り拓く、と決

意した。この決断で過去に執着しない新しい自分に生れ替わることができたのである。

遠方へ嫁ぐこととなり、お茶の稽古も最後の日となった。その日の私を見守るお師匠さんから、

「孝子さんのお宅から萬田さんには嫁に、おいでてもらえないだろうかと、おっしゃったけれど――」

と、まさかのお言葉に体が金縛りになりそうだった。

思いの時は止まっても、運命の時の流れは、柄を置き、茶杓を拭き、払った袱紗を帯に挟んだ。終いの挨拶をし、建水を持ち、出入り口に進み、座り直し、落ち着いた右手で襖を引き寄せた。お蔭で思い残すことのない左手で、残りの襖を押し進める事ができたのである。

アガペイの愛

友人から電話がかかってきた。心なしか控えめな声で私をそれとなく窺っていた。一言二言ことばを交わして後、「あなたを裏切っていたの」と言った。

友人からの説明なしでは、ピンとこないので、「何のこと?」と訊いた。

「彼に会っていたの」

「彼って?」

「タナさんよ」

「……」

唖然とした私は、それに続くことばが出なかった。そういえば彼も友人も、何となく遠のいた感じではあった。

彼がどっちを選ぶかが、私にとって一大事である。彼女の魅惑は手ごわい。競っても勝つ見込みはないので、大切なものを失う不安におののいた。私は少し前にクリスチャンの方から、神の愛をアガペイの愛といい、肉体の愛をエロスの愛という、と教わっていた。それ以来、アガペイの愛に憧れていたのである。

そのころ、家族の将来の事をよくよく考えて、乗るか反るかの賭けをしようとしていたのだった。やっとの思いで決断したその日、神戸の町へ出かけた。すると、今までに体験したことのない世界が広がったのである。

素敵なプレイボーイが追っかけて来て、「一緒に飲もう！」「ネエ、良いでしょう」「一杯だけつき合ってよ」と諦めない子供のようにじゃれて来る。（私に声を掛けるなんて生意気だワ）と思いつつ、歩く速度を変えなかった。後で分かったのは、この放蕩息子は、親から片道切符を渡され、アメリカへ放り出されて勘当された、というアメリカ仕込みのプレイボーイだったのだ。邪気の無さが可愛くて、つい顔がほころんだ。その途端、この不敵なプレイボーイから町の中で抱き締められてしまった。顔から火が出た私は「チョットオ！」と、自分の不覚に腹が立ち、「隙があった？」と訊いた。「ない」と即座に答えたが腑に落ちない。

「じゃあ、どうしてー」

「隙がなさ過ぎたんだ」

「どういうこと？」

「どんなに手を尽くしても、あなたが振り向かないし、僕を無視して行くからァ、要するに、あなたが僕を鼻であしらったんだ。男の気持ちを駆り立てられて、あなたを振り向かせるため、僕は男に賭けたんだ」

賭けをして出て来た私に賭けをしたのだ、と思うと、ちょっといじらしくなって、「一杯だけ」のことばにつきあうことになった。思いつめて出て来たのに、好きなダンスを充分に楽しみ、深刻な問題など忘れて、（神様って粋な計らいするワ）と、行きとはまるで別の心境になって帰宅した。

積極的な彼は、只共に楽しみたいと、私を仰ぐ。

これこそ一期一会の姿だと、無言の内に教わり、その魅力に惹かれていった。

それに引き換え、相手の出方を見てからでないと動けない夫とは対照的である。

彼に会うと心が洗われる。いつの間にか恋をしている自分が見えてくるのだった。恋は美しい。美しいものは儚い。私は、男女のことには疎いと言われるけれど、このような純粋な心は永遠のものにしたい、と切に願うようになっていった。

胸の痛みは、痛いほど幸せだった。そんな私を見ていた夫は、「どうした？」と言って、枕元にチョコレートを持って来てくれた。皮肉にもこの時期がいちばん優しかった。（男は恋する女の姿に幸せの幻を見るって本当だワ）と、思った。私は良妻賢母が大切と思っていたが、こうなってみると、悪女の方がずっと幸せではないか、良妻賢母か悪女でいくか、つくづく考えるのだった。

この隙に、友人が彼に近づいていたのである。油断も隙もあったものではない。だが、別れる日が来る時のためにと、心の準備はできていた。

私は純粋なものを汚すまいとして、アガペイの愛にしがみつき、彼の幸せのみを祈り、自分のことは、御心に委ねるという、すさまじい心の葛藤に勝利していたのである。極限まできた時、何かを感じ始めた。（有るべき姿のために苦しむこと、これこそ永遠の美しさではないか。どのような縁も生かすことが大切なのだ）と、気づいた。すると明るい力が注がれて、心は落ち着き、この知恵は私の大船となったのである。博愛——このことばの実践は正に、心の修行となり、苦しみつつも逞しくなっていく自分を感じるのだった。

そのくせ夫へは、「会いたいものは、会いたいのョ」と、あたるのである。そんな私に苦笑し、何でも真剣に取り組む私を見て、遊びが虚しくなったらしい夫は、やっと本気で仕事に打ち込み出したのである。（賭けに勝った！）と思った。それを見届けたように、彼はアメリカへ永住した、と知らされた。

「占いに見てもらうと、彼は沈む夕陽なんだって。消えてゆく運だって言うのよ。だから、もうやめたの」と語る恋仇へ、

「沈む夕陽が何なの。明日の朝日が約束された夕陽じゃないの。一旦沈まなければ朝日は出ないのよ！」と返した。すると張り倒したい私に「負けたワ」と、友人は降伏したのである。神の愛に憧れたからこそ、めぐり会えたのだ。「彼こそ神なのだ」と、私は今もそう信じている。

私の思い

ことばの力―この世は死ぬまでの隙つぶし―

次男のお友達で、近所の田村さんのお母さんが、改まった様子で尋ねて来られた。「実は……」と語り始めた内容は、家庭内に起きた人間関係の壁、これについての相談であった。それはつい先ごろ、私が苦慮してやっと、辿り着いた道のりと似ている。自分の体験を語り、「お宅に当て嵌めて、役に立つ?」と、尋ねてみた。「そのとおりです、伺って良かったァ」と、田村さんは喜んだ。

間もなく、田村さんは腰を上げた。玄関まで送って出た私は、満面笑みの田村さんに、面白くなくなって来た。

「この知慧に辿り着くまで、長い年月かけて、どれだけ難行苦行したか知れないのよ。田村さんはそれほどでもないうちに私の所へ来て、三十分ほどで解決したでしょう、阿呆らしくなってきた。これからは、自分で考えて答えを出しなさい、もう教えてやらない、いいネッ!」

と、肩を叩いた、彼女は負けずに、「いいえッ、また教えてください。頼りにしているのですからァ」と、勝ち誇ったように明るく言い放ち、帰って行った。

あれだけ感謝されたのだ、共に喜べるはずなのに、今日の私はどうしてあんなことを言ったのかと、思いつつ部屋に戻った。子供がテレビをつけて、洋画を見ている。良い映画のようで、私も画面に目をやると、すでに、主人公が誰かを見送っているらしい、最後の場面になっていた。語り手の言葉が、「人は死にもの狂いで掴んだ幸せを、つかんだ途端に人に分け与えなければならない」と結んだ。ロシア文豪の名作だった。私は唖然として、しばらく案山子のように立っていた。

ずい分後になって、あのとき自分が知慧を得ていたとは言え、その疲れは、まだ癒されていなかったのであろう。だから、鳶に油揚げ攫われた気持ちになったのかもしれない、と考えた。役に立って良かったと思っていたが、次男に問題が起きた時、倍の恩返しをしてもらったのである。母親の私が早く気が付けば良かった。何とも可哀想な事をしてしまった。

実は、月曜から土曜まで次男の顔がチック症になり、日曜日だけ普通の顔になるのである。だから学校に原因があると、感じてはいたが本人に聞いても口を割らない。そして、「先生は正しいことを言うから」と、先生を庇うのである。子供にとって、大人のことばの力は怖い。ところが、他からいじめに遭っているらしいと知らされた。

相手は先生だった。私は先生に問い質しに行った。この先生によく堪えられたと、つくづく我が子に感心した。話にならない相手が肝に据えかねて、私は転校の手続きを始めたのである。

するとと、校区が違うので寄留（きりゅう）しなければならなくなった。幸い田村さんがその校区に移転していたので相談してみると快く、「石綿さんの為なら……」と、承諾して下さった。その時の私は縋る思いだったので、有り難さが身に沁みた。今もって思い出す度目頭が熱くなるのである。

また、末の子が六年生になった年の五月五日の節句の日である。中学生になれば、家族でファミリーレストランに行くこともなかろうと思い、上の子供たちは巣立っているので、親子三人で出かけた。満席かも知れないと考え、席を取るため息子に先に行ってもらい、私たちもすぐに歩き出した。道中は夫が子供のころ、遊びの区域だったようで、様変わりする前の様子を、懐かしそうに聞かせた。楽しそうに語れば、相手も楽しいのだと思ったのか、夫婦円満のコツを掴んだつもりのようだった。

息子が席を取ってくれた所に行って座るなり夫は、

「人間関係はテクニックなんだ」

と、得意そうに言った。息子が人間関係はテクニックだと覚えられることを恐れた私は、

「人間関係はテクニックなんかじゃないわよッ、何を言ってるの。あなたに人が愛せるのかってことよ」

と、噛み付いた。ところが私から睨み付けられた夫は、苦笑しながらも、堅い心の扉を叩き壊され、清々しい風が届いたかのように、その目は誠の目になっていたのである。そ

のとき浮かんだ言葉は「己れに恥じるは源なり」だった。人間の本性は仏心なのだ、と言う気がして安心した。

　食事も美味しく、帰路は両親の前後を自転車で回りながら、息子も嬉しそうで、思い出に残る子供の日となったのである。

「我々に花束はいらない」と言う言葉に出合ったのは三十代から四十代の初めだった。「愛する者のために祖国のために戦って死ぬ、これこそ男の華である」と、これを知った時、私は魂に焼印されて、すべてが静止したことを思い出す。その後、人にも語り、見事に言い切った心意気を、共にまた感動するのである。

　そのうち、この潔さを自分にあて嵌めるならばと、考え始めるのだった。力を込めた子育てを、どう仕上げるかだと考えていると、ゆずり葉が浮かんできて、育てることに完全燃焼すればよい、と思った。手を抜けば未練も悔いも残る。子育てに手のかからなくなった時、気を抜かず引き時、引き方を考えておこうと真剣になった。この言葉は実に、何のために生きるのかを考えさせられる、大きな説得力となったのである。

　ある日、茶道師範格の友人が、「今日はお手前で楽しもう」と言って、茶道具一式を揃えて我が家を訪れた。私は一日入門者となり、久しぶりに畏(かしこ)まって一時を過ごした。

　後半はいつもの雑談に戻り、手作りの散らし寿司で持て成す。御師匠さんは手帳を取り出して、本から抜粋したという幾つかの言葉を教えてくださる。その中に、「この世は死ぬまでの隙つぶし」という言葉があった。それまでの私は心を正し、衿を正しと、自分に喝を入れる言葉に気を向けて、全力投球だったのである。ちょうど還暦を迎えた年の秋口のことだった。限界を感じていなければ、見過ごすところが、このときはホッとして心に響くことばとなった。大いなるものが、時をもたらしたようで、素直にこの言葉を受け入れられた。

それ以来、頑張り癖が出ると、「この世は死ぬまでの隙つぶし」とつぶやく。すると、肩の力が抜けるのである。一日入門した御師匠さんのおかげである。

人生の旅を楽しむ

昭和四十年の頃、叔母に貰った書物で、当時日本のバイブルと言われると紹介された、高神覚昇氏の『般若心経講義』がある。

初めて仏教書を開いて、私は吸い込まれていった。一行一行頷いて読み進むうちに、ハタと止まった。

「人の悪しきは我が悪しきなり、人を咎（とが）めんとする心を咎めよ」と書いてあった。目がここに張り付いてしまった。

それまでは、理不尽な事に怒り、狡（ずる）い事に噛みついていた私だったが、この行を読んで、私を平常心へ導くと確信し、その場で発心した。二十七歳だった。

外に向けていた欝憤を、それからは内に向け「抑えて抑えて」と制する努力が始まった。

このお言葉に、意志強固にして従ったのだ。

それから四、五年が経った頃か、心の修行にも限界が来た。丁度その時、奈良の薬師寺で夏期講座にお誘い頂き、お薬師様のお導きだと期待して、申し込んだ。

お説法の中に「諍（いさか）いは、己れが悪いか、さもなくば相手が悪いかのいずれかで起きる」と、聖徳太子のみ教えを拝聴した。「やっぱり！　私だけが悪いんじゃないんだわ」と悦んで、人の悪しきは我が悪しきなりの修行を卒業することにした。

今度は仏教公認とばかりに正義と信じ込んで相手の非を指摘し、相互理解を目指した。それでも壁は厚く容易に妥協の線は出ないまま六年が経っていた。

小学二年生で終戦を迎えた私と、特攻兵士として出撃を待機していた夫との価値観の差を埋めるのは至難であった。とうとう病に伏してしまい、療養のため、里帰りさせてもらったほどだった。

しかしそのお蔭でイプセン戯曲集の中に有る「民衆の敵」を読む事が出来た。何とこの本が、私を待っていたかのように、「妥協の前に真理の徹底を、要求の前に努力の義務を」と書かれていたのだ。まだまだ道は中途だと諭されて、自分が少し大きくなった気分で帰宅した。

人生の春夏秋冬を味わいつつもさらに求め続けた。人生の旅は歩いても歩いても辿り着かず、精も根も尽きてやっとの事で「私は求めることが好きなんだ！」と気づいたのだ。ならば、この旅を楽しめば良いと悟った。発心から二十年が経っていた。

今は「信仰は明るく！」と断言している。

若林先生の治療法

西宮市夙川へ引っ越して、お向かいの方より早速、内科・小児科の若林医院を紹介して頂いた。歩いて五分くらいの所だった。
四、五年経った頃、私は度々血圧が下がって寝つくようになった。小学生とはいえ働き者の娘達には、大変世話をかけてしまった。ある日、先生は怪訝そうに、
「私が医者になってこのかた、貴方は珍しいほど丈夫な体質ですよ。長患いするような性格でもないのに、どうしてこんなに血圧が下がるんだ」

　と、おっしゃって首を傾げた。

「何か考えている事でも、あるんですか」

と、私をまじまじと御覧になる。とは言え、家の事情を語っても役に立つかどうか分からないと思い、黙っていた。

先生は諦めずに、こちらを見据えている。何か応えなければ悪いと思いつつも、つい、

「強いて言えば、自分が不憫になります」

と、答えた。先生はポンッ！　と御自分の膝を叩いて、「それだッ！　貴方はこれから好きなことを好きな時に好きなだけやんなはれ。これが治療法でっせ」

と、決めつけるようにおっしゃった。

後に私の低血圧の治療法を、先生からお聞きした通り長男に話すと、

「なるほど！　お父さんの生き方がそのままお母さんの治療法になるんだね」

と、言われた。何と主人の生きざまが、私の低血圧の原因だったのである。自分でも何処も悪い個所は無い筈だと思っていたので、やっぱり！　だった。

又、三男が私の不注意から、庭の踏石へ頭を打ちつけた。火が付いたように泣く子を即、長男が抱いて二人で若林医院へ走った。

応急処置をされ、傷は浅い事を伝えて下さった。そして、先生の治療法はというと、

「朝十時から十五分間、傷口を太陽に向けて紫外線に当てるように。太陽の光線は殺菌にも治療にもなるので、この時間の光が一番良いんだ。全体は手拭いでもハンカチでも頭に覆っておくこと。布は傷口の所を切ってそこだけ陽に当てること」

と、教わった。その通りにして日に日に三男は快方に向かったのである。

若林先生は、野口英世の講義を受けたほどのご高齢だった。私が二十代の後半で先生はその時八十歳を越えておられた。

留学したドイツから帰国後、西宮で一番初めに電気自動車で往診された医師である。

その頃、医師の正装はモーニングにシルクハットを被っての往診だった由。これは、患者を神の御子と見て、その身体に敬意をはらうという意味、と伺った。

又、別の日、私が白菊会（献体）のことをお尋ねすると、「それは勧めない」と、おっ

しゃった。

「我々の時代は、教授が長い祈りを捧げたものです。更に遺体を大切にあつかった。今はそうじゃない」

と、このような事を語り聞かせながら、三日分の薬を処方した。まず小さい折り紙のような白い紙九枚を机の上に広げる。お茶碗ほどの擂り鉢を手に、擂り粉木でよく捏ねた薬を、匙で等分に分けて包んでいった。

「身体というものは、よく眠ってしっかり食べれば治癒力はついてくる」

と、おっしゃっていた。そういえば、各々患者に合わせた安定剤と整腸剤のみで、どのような症状の時でも、同じ薬を頂いていた気がする。

お支払いは月末払いで、又、待合室で先生の声が聞こえてくると、安心して、今日は何の為に来たのか、忘れてしまうのである。診察室に入ってそれを伝えると、「よく言われる」とのこと。患者は先生の声が聞こえると、いつの間にか具合が良くなる。

若林先生がもし誤診されたとしても許せると言えるほど、私は信頼していた。誠に有り難い存在だった。

お年寄りの患者さんが、夜眠れなくてと零すと先生は必ず、俳句作りを薦められる。

「枕元に鉛筆と紙を置いて、一所懸命俳句を考えていれば、良い句が出来ないうちに眠ってしまう」

と、教える由。若林先生の治療法である。

七歳からお世話になってきた長女が成人式を迎えた。その年の一月十五日晴着姿の娘を、先生に御覧頂こうと思って仕度した。私は折悪しく体調が芳しくなかったので娘一人で行ってもらった。

先生は軽い風邪で入院されていたらしく、何とその日が御命日だったのである。御遺体となって丁度帰宅したところだった。すでに祭壇も出来ていたという、娘からの報告であった。

父親のように慕っていた私は、大変な衝撃だった。御葬儀には家族で参列させて頂いた。先生の御冥福を祈りつつ、今もって偲んでいる。合掌

節目節目にもらった一言

母に連れられて行った、門司は横山の観音様で、

「この結婚は使命だヮ、石綿さんの才能を世の中に出して上げて」

の一言を堂守りさんに告げられて嫁(とつ)いだ。その私はもの覚えの悪さ、理解力の無さ、何をしても、親を手こずらせるぼんくらと言われて、母が宿題をさせるのに往生していた。

そんな私も成人式を迎えると、もたつく娘に、頂いた御縁を有り難く思えとばかり、貰い手のある内にと急(せ)き立てた。

そして、嫁ぐ日に私に申し渡した一言は、

「あんたの思うようにすれば良いのよ」

と、これは、思いも寄らぬ母からの餞別の言葉となった。ぼんくらでも娘を認めていたのだ。私はよほど有り難かったのか、期待に応えようとする前向きの人間になった。

そんな私へ使命を果たせるように、母を始め里方が支え続けてくれた。

五十年も経って、九十六歳の母を看送り、七十代後半になった今、私の結婚は母にとって、一世一代の大勝負だったという気がしてきた。

十三人兄妹の総領の立場を期待された父が戦死、祖母や叔父、叔母達の期待に応えるべく、ぼんくらの私が使命を果たせるか否か、大きな賭けだったのだと思うと、熱いものが込み上げてくる。

母の弟である叔父夫婦が、一代で築いた、宮家定宿の割烹旅館の手伝いを、私は二年間させてもらった。義叔母は女将として阿修羅の如く働いた。

ある日、義叔母をひどく怒らせてしまった事がある。内容は忘れたが、自分で止められないほど逆上しているので、義叔母が言いたいであろう処を察して、

「その時、こうすれば良かったねェ、アッそれをこう伝えれば良かったね、すみません、これから、そうするねッ」

気が付くと、私は怒り心頭の義叔母の虚を突いていた。その瞬間黙った義叔母が、急に隣室に居た母に向かって、

「義姉さんッ！　この姪は何と怒られ上手か、人を怒ってこれほど胸のすく思いをした事

はない、スカッ！　としたァーーこんな怒(おこ)られ上手知らんわッー」

　と、罵倒されたり、誉められたり、初めて知った、怒られ上手ってあるんだァーーと、思いがけない収穫となった。

　又、ある時、母が私に、

「どおして、そんなに無口なの、本当に無口やねェーーどおして？」

　と、私の顔を凝視した。理由(わけ)を言いなさいと言いたげに、目を放さない。すると、

「うちは莫迦(ばか)やろう、莫迦が何か言うと、どうせ莫迦な事しか言わないと思って」

　と、口から勝手に言葉が飛び出した。母は唖然として、

「あんた、自分が莫迦と言う事知っているんやねェ」

　と、言って、私を見直し今度は母が黙ってしまった。そんな、母の様子を見て、自分は
　私はぼんくらと言われても、苦にならず、劣等感もなく、自分でもぼんくらを認めて、もしかして、才女なのかも、と、クスッとした。

（仕方が無いワ）と、言う性格だった。これが良かったと思う。

　嫁いで十年ほどだったか、私の生き方に疑問をもったらしい母が、

「どおしてこんな生き方するの」と、問うた。

「主人がこうするから、そうする。こう言うと、そう言うから、こうする」

　と、答えると、

「ワァッ！　私やったらそんな人間と一日でも一緒に暮らせん、すぐ荷物をまとめなさい、

連れて帰るッ！」

と、激怒した。自分は異常な処で生きているのだと初めて分かった。それでも、母が仰天するほどの境遇で踏ん張っている自分が誇らしく、嬉しくさえなったのである。

三十八年の縁で看送った夫である。生前業を煮やした時の事を、改めて憤慨し悪態を付いていると、この縁を勧めた母が、居たたまれなくなったように立って行った。が、又、すぐに戻って来て感心したように、

「アーそこまで互いに言い合えたとは――私はそこまで、お父さんに言えなかった。貴方達こそ本当の夫婦なんやねェー」

と、それを訊いた私は厳しかった処を、亡夫に詫びることが出来たのである。こうした節目節目の一言に人間形成されて、今の私がある。

どうすれば使命が果たせるのか分からず、只、授かった五人の子育てと、先祖の供養に専念し、人の絆を重んじた。それでも進退窮まった時は、熟慮の上逆も真なりを為した。

お蔭で夫は「プレハブ鋼矢板セル工法」を発明して、土木学会賞に輝くほどの使命を果たし、宮内庁より園遊会へのお招きに与ったのである。結果をもたらすまでに堂守りさんを始め親兄弟、二人の祖母、叔父、叔母、従妹、従弟、友人達の力強い応援は有り難く、感謝だった。

平和な時代であっても、使命を果たそうとする者を待ち受ける苦難、これに耐えて共に戦い、乗り越えてくれた子供達は、どれほど大きな存在であった事か。その切迫感を物語

るのは子供たちの、心身に根深く兆した後遺症である。何を以って償えば良いのかを思案していると、

「両親は答えを出したのだから――」

と、すでに許されていたのである。親を支え続けた子供からもらった、この一言こそ老いた身の勲章であった。

長い年月、子供たちが報われる事を願い続けた。必ず見届けて去きたい。これは母親として私の悲願なのである。

自然に還る勇気を

丁度、次女と電話で、祖母がお天道様と共に寝起きしていた事を、語り始めた処だった。

「チョットッ！　地震だわ！」「本当ネ」で一旦切った。

平成二十三年三月十一日、十四時四十六分。すぐにテレビを付けると震度九、余震に緊張している間に、見る見る村ごと町ごと襲った大津波、机の下に潜って泣いたという小学四年生の孫娘が、お友達のお母さんに連れられてお蔭で無事に帰宅した。次女も「凄かったわネー」と、又電話をくれて、子供達からも安否を気遣う電話が入り、無事を確認し合った。

それ以来、私は毎日テレビの前に貼り付いたままであった。支援物資を運ぶもトラック

の燃料滞り、寸前まで行けども寒さと空腹に震えている被災者の手に渡らず、などの情報には、国中の人がどれほど気を揉んだ事だろうか、未曽有の現場を高台から避難者の撮った映像は、情け容赦ない自然の業だった。三日、四日と余震と共に緊張の連続の中、福島は東京の身替りという気がして神妙になった。それでも、奇特なお方から早速十億の義援金が寄進され、海外からも支援の動きが報道され始めると、有り難く嬉し泣きした。

　韓国の大スター、ヨン様から七千三百万円の義援金が送られたと知るや、遅れを取った！　の勇み足で私は銀行へ駆け込んだ。握っているのは気持ちばかりの五千円だった。行員さんがあまりに丁重なので五千万円振り込みそうな顔になっていないだろうかと、バツの悪い思いをした。小さな声になって「五千円ですけど」それでも、この方は大変喜んで自分の口座へ振り込まれるように恐縮される。雀の涙ほどでも。一刻も早くと走って良かったと、つくづく、〝時は金なり〟を、噛みしめるほどだった。

　これを聞いた孫娘が、「お年玉や貯めたお小遣い三万円を全部持っていく」と申し出た。孫の心根を喜ぶ前に「世帯主より少なくして」と、年金暮らしの私の善意はこの程度の事だったが、他に出来る事はないかと逸る心は強くなるばかり。

　すると、人が津波に連れ去られた有様を目の当たりにしたと言う方の、インタビューを耳にするなり、私はいち早く手作りの祀壇をしつらえ、丼一杯の水とお茶を供えた。兎にも角にも縋りたい一心に、阿弥陀様が浮かんだ。もう襷（たすき）掛（が）けの気持ちで亡くなられた方々へ読経を供えた。四十九日の間、毎日、唱えていると孫も娘も加わって来て、共に唱和した。
　そんな時、千葉の法華経寺で百日断食行、満行された御坊様より、お守り札を拝受した。
するると、私は神仏より「しっかり供養せよ」と、仰せつかった気分になったのである。
　氏神様からのお下がりや友人より恵送の野菜を調理して供えた。それからは有り難いこ
とにお供えの物資が次々に我が家へ到来したのである。
　一週間も経つと逆に諸精霊から、鬱病の家族をかかえている私へ（貴方も大変ね）と声
が聞こえた、そんな気がして、涙が込み上げてきた。
　膨大な天災に被災の規模の確認も容易ならず、被災者の安全確保も及ばない内に、放射
能が爆発炎上して空気汚染発生という、恐ろしい人災が追い打ちをかけて来たのである。
　両陛下もお心を、お痛めになり避難所へ赴かれ、又、慰め励ましのお言葉も賜った。民
を哀れむ陛下の内なるものは破ち切れんばかりと拝察する。新消防隊員の使命感、捨て身
の自衛隊や消防隊、運命を共にと覚悟して医療に携わる老医師へ私は感涙と共に平成の特
攻兵士を見る思いであった。
　お身内を捜し疲れた中年の方が「こんな恐ろしい原発なんか、どおして考えるんだッー、
ローソク一本でいい、家族が寄り添って暮らしたいよォーッ」と男泣きされていた。それ
こそ高度成長期、未来に不穏を感じて四十年も五十年も前から念じ続けた私の悲願であっ
た。
　チェルノブイリの事故で幼子が幾人も犠牲となった。幼子一人一人のカメラをじっと見

る無邪気な視線に胸が痛くなった。この映像を見て、原発事故がまた起きないかと不安だったが、福島に続いて後どれほどの惨事を見れば、世界中が原発に歯止めを掛けるのだろうか、大いなるものに取って替ろうとする、人間の欲望こそ、さらなる恐怖を覚える。

原発の後始末や救出の任務に就かれた方々へ、御苦労様でございました。過労の後遺症が出ませんように。

被災者の皆様と共に心身の安らぐ日のより早い事を祈り続け、明日は我が身を肝に銘じ、改めて襟を正すのだった。

心の復興

「男が廃る」――ふと、この言葉が浮かんできた。靖国神社へ参拝した折のこと。年老いても凛として、貴さを感じさせる人々に会えた。それは居住まいを正す思いだった。そして、男らしく戦った人々の育てた、その息子たちの中に、いま凛とした働き盛りの男性を捜すのが難しいのは何故だろう、と考えた。

戦後の国民は復員された方々と共に、経済復興に懸けた。その奮闘ぶりは十年後に岩戸景気をもたらしたほどだ。日本人の民度の低さを他国に見破られないようにと、聖徳太子は苦慮されたそうだが、いつの時代にもいる喉元過ぎれば熱さ忘れる人々の、成金根性が破目を外したのだろうか。そのころ「消費者は王様」という冊子が出版されていた。高度成長は永久に続くとばかり「治に居て乱を忘れず」の格言は、日本から消え失せたように思われる。衣食足りても礼節教えず、自由という突然の恵みに、判断を狂わされたのだろうか。

その十年後は時代へ警告する子供たちが、自殺をもって赤信号を出した。これがテレビでドラマ化されたことは印象深く記憶している。

私は家の守り、先祖の供養、人の絆に重点を置いて、夫が喜ぶ子供を育てることを約束した。自信を持って貫いた。ところが将来に向けて「備えよ常に」をいくら説得しても聞き入れず、趣味とゴルフに打ち込み、後は女房が何とかすると胡坐をかいていた。精神的には特攻崩れだったかも知れない。我が家でそんな夫は、一人愚連隊の存在となっていった。

「大変なのは、お父さんだけじゃないのよッ！」と、何事も真剣な次女から吐き捨てるように言われて、夫が情けない顔をしたのは五十歳代のこと。

「電車に乗ると子供や娘が痩せ細っていて、中年の男性が脂ぎっているんだから、肚立たしくなるワ」と――。

大人を厳しく見ていた。やがて、中高年の女性がふてぶてしく見えてきて、オバタリアンと新語が生まれた。そのころの男性の生き方に業を煮やした女性たちの気持ちが、姿となったのかも知れない。

犯罪も低年齢化して、親から手塩にかけてもらえない子供たちのいじめも、毎々ニュースになった。

長男が高校生のころ、担任の先生に相談すると、

「男の子は父親の後ろ姿を見て、それを男の生き方として覚えていきます。教師は限界が有って知識に止まるのです。父親の生き方が大切なのです」

と伺い、改めて教育の基本を確認した。我が子も力が付けば知慧は消え弁えても技量不足のまま、次々に成人式を迎えた。母親に全責任があると思い込んで子育てに励んだが、母慈愛ではなく、私は牙を剥いて育てていたのだ。後に子供にとって父親は絶望であり、母親は恐怖だったと、耳の痛いことを言われたほどである。

看護師になった長女がある日、

「女は命がけで子供を生んでいるのよ。男も命がけで守ってほしいヮ」

と、携わっている現場の声を聞かせた。

男は家の守り、国の守りのために戦ったのではないのか。戦後の日本を復興させるために、力を尽くしたのではないのか。それは堅い銃後の守りに支えられていたのである。

女性は頑張って生み育て、子供は一所懸命育とうとする。この生命力を持って成し遂げたのである。

ある日三男が、

「お母さん、家族は良いものだって言うでしょう。でも、本当だろうか」

と、深刻な顔で問いかけて来た。私は、

「良い家族もあるし、悪い家族もあるヮ。いつでも良い家族にしようと努力するのが、人生なのよ」

と答えたのだが、山頭火と同じように息子にとっても「解くすべもない惑い」の家族だったのだろう。私は再三、家族会議を持ったが、答えは出なかった。外目に理想的な家族と言われても、なぜか将来が不気味だった。あるとき、精根尽きて一点を見つめていると、突然笑い出した。笑いころげた末に初めて苦しみに限界があることを知った。それまで押し隠されていた笑いが飛び出して、現実の闇が斬れた。不思議な現象だった。すると今度は、恵まれている箇所を数え始めた。命が有ること、健康であることなど、指を折っていくと、光が見えて来た。今までは苦しみを数えていたのだ。先人が死にもの狂いで築いた、平和と豊かさは、有ってあたりまえとなり、我が家に欠けていたのは、知足の心だったのだ。

渇愛に蓋(おお)われた今の日本。経済復興から心の復興に切り替え、油断しがちな家族こそ、感謝の心で拝み合う、この愛のかたちが大切と確信もった。

これまでは、窮地に立った時ほど、

「道は必ず有る、自分が知らないだけ！」

と、信じる力を培ってきた。これを次の世代に繋げなければ、今度は女が廃ると考えている。

怒り心頭に達す

　良い時候の頃だった。日曜日の昼近く電話が掛かって来た。

「こちら、品川署です。私は宮崎といいます。息子さんがセクハラで捕まって、今此処に居ます」

　いきなりのこれには面くらった。それでも、

「宮崎何さんですか」

と、フルネームを訊くと瞬間相手はひるんだ。が、それには答えず現行犯のように言うのである。性格からいってあの子とセクハラは合わないなァと考えていると、昔『うちの子に限って』というテレビドラマがあった事を思い出した。それでも真偽のほどを確認取らねばと思い、

「本当かどうか私が行って確かめましょう。その場所を教えてください」

　と言うと、

「いえ面会謝絶です」

　面会謝絶ほどの事件でもあるまいし、と思いつつも自分がどれほど心血注いで育てた事か知れないのに、巣立っていった途端にこれか、とムカッ！　とした。すると、息子を許せない怒りが煮え滾（たぎ）り、「死んでしまえッ！」ほどとなってきた。宮崎を名のる警官が、

「息子さんに代わります」

と、言ったと思うと、突然受話器から、

「お母さん、ごめんなさい！」

と、言って泣きじゃくるのである。言葉にならず只泣くばかりなので私は、息子が泣く時はこんな泣き方をするのだァと、珍しがるように不思議な気分で聞いた。こんな不甲斐ない子に育てた覚えはないわァと思いつつも、

「間違いないの、」

と、問うと、又、

「お母さん、ごめんなさい、」

の一点張り。これを真に受けた私はあっさり、

「本人が認めるのならしょうがない。しっかり詫びて相手さんから、出来心だと言って勘弁してもらえるまで、手を尽くすしかないわね。良いかね、誠心誠意お詫びするのよ」

と、説教した。こちらの一点張りは真心込めて謝罪する事と、これだけをくどくどと申し渡していると、警察官が又、

「弁護士が来ているので代わります」

と、その段階でもないのに、手回しが良過ぎて、気ぜわしいと思った。代わった弁護士が、

「お母さん、此処に被害者の御主人が来ています。忙しいのに仕事場から駆けつけて、奥さんの名誉挽回の為、訴えると言っているんですよ」

「それは、そうでしょう、私がその立場なら同じようにしますョ」

「あァそうですよね」

「傷付いたのですから、そちらの気のすむまでやってください」

「えッ、お母さん裁判にすると言っているのですよ」

「そりゃあ、しょうがないでしょう」

「良いんですか、そんな事になったら、なかなか就職が出来ませんよ。若いのにこれからどうするんですかッ」

と、今まで詰め寄っていた弁護士が息子の将来を心配した。

「悪い事をした者は制裁を受けて当然でしょう。だから、真面目に生きて行く事が大事なのよ。息子もこれに懲りて悔い改めなければ生きては行けない事を肝に銘じるしかないわ。それが世の中なのッ」

「……」

「それはそうと、その子は成人して親から巣立ったのよ。親の保護下にあるのなら兎も角、私は一人前に育てて出したのに、息子の尻拭いなんかしないわよッ」

「……」

「貴方達も可笑しいわネ。どうして親に言ってくるの。気がすむまで本人に弁償してもらえば良いじゃないの」

するとと、後ろの方でこの弁護士が何か言われている様子だった。「もう止めとけ」と、

言われたと見える。今度は拗ねたようになって、

「それじゃ、もう良いですわァ。お母さん頑張ってください」

と、こちらを励まして電話を切った。さっきまでの威圧が萎むように消えたのである。少々草臥れたが、私は拍子抜けした。

この少し前から娘が横に来て、

「弟は自分のアパートに居るわよ」

と、何度も言っているのに、私がなかなか終わらせないので、その事を書いて私の前に置いてくれた。メモを見ながらも行きがかり上、途中で止められず、先方に合わせて話し込んでいたのである。

前の晩ドキュメンタリー「オレオレ詐欺」のテレビ番組を見たばかりであった。にもかかわらず、相手の押しの強さに、つい受け応えしたのである。側に来た娘が昨日の番組に似ていると思って、すぐにアパートへ電話を入れると品川署に居る筈の弟が居たので、私に知らせてくれたのだ。

落ち着いてから振り返ってみると、気の弱い人だったら、腰が抜けて震えが止まらなかったと思う。それほどの威圧をかけてくるのである。

私はこれまで繰り返しの修羅場を潜って来た。ならばこそ捩じ伏せる事が出来たが、正に殺るか殺られるかである。

詐欺師も狙った獲物を仕留める為、全身全霊の大芝居を打ってくる。娘には、

「詐欺と分かっていて相手しているように見えた」と、言われた。が、私はうさん臭いと感じつつも「お母さん、ごめんなさい」を真に受けていたのか、自分でも分からない。それより、息子から裏切られたと思い込んで、怒り心頭にきたのが良かったと言える。只、泣き続けるだけで「心を入れ替える」と言わない為、それを言わせようとして、くどくどと説教したのである。

向こうも又、歯の立たない獲物に食らいつき熱の入った大芝居が一銭にもならず、そうとう草臥れた筈。これに懲りて悔い改めただろうか。危なかった。

石綿式介護法

認知症の原因は希望が失くなる処にある。希望が失せれば魂は光を求めて彷徨い、体から抜け出てしまう。

藻抜けの殻となった肉体は竦み、息を潜める。認知症も鬱病も同じである。魂の求める光とは真実である。この度、自分と家族の体験から、確信となったその実例を、順次書き現わしてみる事にした。

二十歳の頃、私は青天の霹靂というほどの失恋をした。その時、魂は彼を追って肉体から抜け、闇を彷徨い身体は只虚空を見ているだけとなったのである。

次第に危険を感じ始めた私は、この空虚な世界から抜け出さねばと焦ってきた。何が原因だったのか。急ぎ追求しないではおれなくなったのである。考えに考え抜いた挙句、私は愛される事しか考えていなかった事に気付いた。

　愛されて当たり前だったこれまでの自分に、即終止符を打った。これからは受ける愛ではなく、愛他心でいく、と悔い改めた。途端に魂が肉体に還って来た事を実感したのである。

　そして、これこそがわが人生の礎となった。光を求める魂は無知無明の肉体からは去って行く事がはっきり分かった。

　ここが重要な個所である。感謝のない心は無明である。悔い改めたからこそ感謝の心が備わり、無事立ち直る事が出来たと思っている。何事も結果には原因がある。お蔭で原因を追求する習慣が身に付いた。〝窮すれば変じ変ずれば通ず〟の格言通りである。それゆえ感謝こそ病んだ心の特効薬と確信した。

　出口の無い闇を彷徨ったあの恐怖を無駄にせず、貴いものを求め続けた末に、人生の責任者は己れであると目覚めた。然れば、その方が答えが早い事を知った。全うに生きようとすれば勇気、覚悟、祈りが必須であった。私はこれを以て、石綿式介護法としたのである。

　希望が失せて、突然気力が無くなった実母の体験から。

　里の母が六十代中頃の事である。食欲も有り良く働き特に針仕事を楽しんでいた。時々我が家へ訪れて、私を助けてくれた。ある時、

「此の頃、針を持つ気がしなくなった」

と言ったのである。私はすぐに、

「希望が失くなったんだわ」

と返したが、母は黙っていた。暫くして末っ子が少年野球に加えてもらった。そこに保護者のお母さんで、日本舞踊のお師匠さんが居た。親しくなった私は舞踊を教わる事になった。その頃から母が我が家で暮らすようになったのである。母を楽しませてやりたいと思って、家で稽古をつけて頂く事にした。

それを訊いた母がアッ！　と言う間に、稽古着を二枚縫い上げてくれたのである。毎週その日は、娘の未熟な踊りとプロの踊りを見比べて楽しんでいた。

歳をとっても側に居る者の言動一つで甦る事を目の当たりにした一例である。

人は十人十色で各々相手に合わせる工夫をして生きている。一つだけ誰にでも通じる方法がある。それは、真心である。

寿命のある人は重病であっても、真心に接すると食欲が出て見る見る快復する。寿命の無い人は真心に触れると、納得して苦しまずに逝かれる。又、真心を以て労わると痛みが軽くなり、不安が消える。私は真心と感謝が予防であり、万能薬だと確信している。

八十歳を過ぎた母が私の所で暮らしたいと言った。外から見るのと内に入って見るのとは、大違いの事があるので、母に問うてみた。

「どんな処でも、私が居れば地獄も極楽と言うことなの」

と、母は即「そうよ」と応えた。大した世話もやかせず、食事に好き嫌い無く良く働いてくれた。

　戦死した父の遺族年金も使わせてもらった。娘を頼ったのではない。私を助けに来てくれていたのだ。只、もったいないばかりであった。

不孝者めが居りどころ

「世の中の十億の人に十億の母あれど、我が母に勝る母なし」浄土真宗の暁烏敏上人の、このお言葉に出会ったのは十九か二十の頃だった。大変に感動して大切に書き止めておいた。

　その私も七十を過ぎて、九十六歳の母を看送った。感謝の孝行が出来たかと言うと自負していたとはいえ、リハビリと言い聞かせ、急ぎ棺に向かって歩かせたような気がして、今は胸を抉られる思いをしている仕末。舅、姑を看送る頃は子育て奮闘の三十代だった。

　それから四十年生きて、高齢の母を看送ってみると、人生とは〝生んで、育てて、見送る〟、これが全てだと気付いた。カレンダーに「当たり前の事が出来る人は賢人である」と、書かれている。当たり前の事に気付くのに、何十年かかっただろうか。

　長女が生まれた時、産後二十一日間台所に立てない私のために、大変世話をかけた。

「大切に育てなさいね」を、繰り返し言い残して帰ってゆく母へ「あたり前じゃない」と返す私に、笑いながらタクシーに乗り込んだ姿は、鮮明に残っている。

又、祖母の赤子の扱い(あつか)を見ていると、それはそれは大切に手塩にかけていた。祖母に孫を預けると、玉のような赤ちゃんになる、と評判だったそうだ。母や祖母に育てられた私も、孝行の真似事くらい出来ているつもりだったが、海より深い山より高い慈しみあったればこそのこれまでであったと、痛感の極みとなった。正に〝されば とて墓に布団も着せられず〟ということか。死んでからでないと解らないのが親子の業だと御坊から聞かされていたが、

〝井戸覗(のぞ)く子にありたけの母の声〟

〝これきりでもう無いぞよと母は出し〟

〝この寒さ不孝者めが居りどころ〟等の川柳を思い出しては涙が込み上げてくる。自分のストレスを母にぶっつけて言いたい放題でも、「不思議やね、あんたに何を言われても腹が立たん」と、言っていた。調子に乗って「その胸を借りて成長するから私の叩き台よ」と、嘯(うそぶ)く私に笑って頷いていた。そんな母の情を踏んで遠い彼岸を見ていた、結局はそういう娘だった、と、慚愧(ざんき)の念一入(ひとしお)である。

祖母達が女の生き方を、しっかり見せてくれたように、私も小学校一年生の孫に拭き掃除やお仏飯(ぶっぱん)の盛り方、何宗に嫁しても良いように各宗派の経文を共に唱和している。

我が姑と二人の祖母が続いて亡くなった時私を支えていた三本柱が次々に外された思いだった。三番目に逝った母方の祖母の訃報が届いた時は、全ての徳が消えたことを実感。

これから、確実に積み重ねていかねば、本格的人生が始まると肝に銘じたのである。

父方の祖母が帰京する私達孫や曾孫を見送りながら、繰り返し「美代子よッ、これが今上の別れどなァー」と、泣きみだれて私の手を握り締めた。

「祖母ちゃん、一杯気持ちを掛けてもらって有り難う。忘れないからね」と言ってしっかり握り返せばよかった。東京から九州まで簡単に行ける距離ではないのに、「又、来るからァー」と軽く虚しいことしか言えない私であった。

又、母方の祖母と酒屋の前でぱったり会ったある日、商店の背戸へ私を引き込んで言った。息子の嫁である小母の事を、

「山のかあちゃんは口が荒ろうて少々じゃない厳しい処も有ろうが、心はきれいな直ぐな人やから、悪う思わんでやってくれなァー」

と、祖母がこんな心配をしてくれていたのだ。私は「怒られる時はいつもうちが間違っている時だから、小母ちゃんを悪く思わないよ」と、祖母の心配を急ぎ打ち消そうとして、慌てた。「そうかな、あーあんたがそう思ってくれてるのなら、祖母ちゃんは安心したなァ。今日は、どこまで行くんで」と、慰める必要もなさそうと思ったらしく、肩の荷を下ろした顔になった。「小倉まで行って来る」と、心ない私はそれのみだった。

「心配してくれて有り難う」と、お礼の一言も添えられなかったのである。

後に、叔父と義叔母と母の前でこの事を話すと、義叔母が身体を乗り出すようにして「祖母ちゃんが、そう言ったの」と、私にもう一遍言ってほしいと念を押すようにして二

人を振り返った。三人ともそれぞれ、何かを噛みしめているふうだった。

懺愧の念と言えば、テレビ中継でソビエトからロシアに政権が替わり、捕らわれの身を解き放たれた一人の男性は、

「自分が何の罪で投獄されたのかどう考えても分からなかった。四十年も牢の中で考えて、親に感謝が無かった事に気が付いたんだ、途端に政権が替わった」

とインタビューに応えていた。

心を耕す技術がいる

真剣に生きる処に、心豊かな暮らしがある。立場を弁えれば心豊かになる。

東北大震災の折、年金暮らしの中から、わずかでも五千円を握って走った。その私を見て五年生の孫娘が透かさず、

「私のお小使いもお年玉も全部送って来る!」と、後に続いた。又、家計の遣り繰りに大人が頭を抱えていると、嬉しい事に、

「お祖母ちゃん、私のお年玉使って」

と言ってくれた。生きる事に必死であれば、そんな大人を支えようとする子供の心が育っていた。私はここに確信もったのである。

家族は互いに心の消息を伝える事、お早う、お休み、行って参ります、行ってらっしゃ

い、只今、お帰りなさい、お昼寝から起きて来るとご機嫌よう等、意志強固に実践して鬱(うつ)病(びょう)の家族を完治させた。地道に心を耕す事が私の技術開発である。

私の自由時間

時間はいつも自由に使わせてもらえる齢になった。

信仰も自由である。各宗派へ何時でも何処でも、門を叩く。生活に活かせない信仰は無意味と考えている。お寺にも神社にも、近所のキリスト教会へも伺って祈る。私は宗派を越えているので、真面目にお尋ねすれば、どなたも噛んで含めるように、御教授下さる。時には私の方がもっと詳しく知っている事もある。

私の信仰は自由なので、こんな事もあった。阪急線夙川の土手に日切り地蔵さんが祀られている。御利益が大きいと評判を聞いて、私も参詣するようになった。

ある日、キリスト教会の前の御(み)言葉が書かれた立て札に目が止まった。そこに、

「神が与える水を飲む者は、永遠の命を授かる」

と記してあった。

私も神様の与える水を飲みたい、と思って早速、日切り地蔵さんへ願かけて来た。

「私にも神様が与える水を飲ませて下さい」

と、これをキリスト教会へ行って報告した。すると、皆にキョトンとされた。

日切り地蔵さんは、すぐに飲ませて下さった。私が神様の与えて下さる水とは、どれを指しているのだろうかと考え始めて間もなく、これだと気づかせて頂いたのは〝信じる心〟である。

これに気づいた時、水が飲めたと実感した。私は神の御心を追いかけてまわるのが好きで、真理を求めるのが趣味である。

発心してから五十七年間、この為の自由な時間を好きなだけ使っている。御心(みこころ)が分からないと、ブリブリ言って神仏に悪態(あくたい)をつく。すると、クスクス笑い声がして、

「ホラ！　すぐにそうやって怒る」

と、空耳がするのである。

生まれ替わり死にかわり

四十代を過ぎて間もなくの事、引っ越した先の隣は源さん、子供の居ない御夫婦で御主人は出張がちだった。子育てに多忙なこちらとは挨拶程度であった。前の林さんから、

「源さんの奥さんが病院から電話かけて来はんねん、それが辛うてたまらんの」

と、訴えられた。早速私は病院へお見舞いに伺った。つき合いの浅い私にも訴えるように、

「入院してんのに、いつまで経っても私の手術してくれへんのよッ、苦しいて苦しいて看護婦を怒鳴りつけて、先生の自宅の電話を無理矢理聞き出して、先生に言うてん。いつ私の手術してもらえるんですかッて」

と、本人から聞かされた。帰り際しんどい筈なのに夫人はエレベーターまで見送って下さった。

扉が開いても私は乗ると悪い気がして、夫人も又別れ難いようすだった。それでも只「お大事に」としか言えず、後ろ髪引かれる思いは、たまったものではなかった。何と林さんから、

「実は源さんの奥さん、もうあかんねん。長うないんョ、病院の先生は手術というても台に乗る時が死ぬ時やねんから、只、引き伸ばしてはんのョ」

と、聞かされた。私は病気平癒の祈願を急ごうとしていたが、源さんはすでにこの世から見放されていると思うと、居ても立ってもおられず、ならば、心身の安らぎをと考えて、急ぎ高野山へ厄除祈願をお願いした。

お札はすぐに届いた。早く病室へ届けたいのに、どうしても行く気になれず、日が経っていく。やっと、思い立って電車に乗っても途中下車して帰って来た。何故か分からない。それ以上進めないのだ、仕方なくお札に手紙を添えて病院へ郵送した。慰め労わりの最後に「……辛さからこのお札が守って下さいます。どうぞ安心して委ねて下さい」と、結んだ。又、林さんが半泣きで、

「病院の源さんからの電話にはどうにも言うてやられへんの、逃げたいんよ」

と、本当に辛そうに訴えられた。間もなく、

「手術十四日に決まったんやて」

と、疲れた様子で伝えられたが、私にしても複雑だった。病院へお札が着いたと思われる頃、又林さんから、

「源さんの手術二十一日に変わったんやて」

と、訊かされた。私は飛び上がって、「本当ですかッ！」

二十一日は弘法大師の縁日に当たる。（お大師様が、お迎えに来られるのだッ）やっぱりッ！　と感無量だった。

二十二日御遺体が帰還。早速、近所の松本さんと林さんと三人でお悔やみに伺った。

夫人の亡骸に御冥福を祈って、御主人に挨拶した。ところが、この御主人は妻の死などへでもないとばかり、世間話をして大いに笑った。目の前の御遺体に対する厳粛なものが全くない。

私達は居たたまれなくなって、早々に失礼した。帰宅しても（あの笑いは何だッ！）とイライラして、矢も楯もたまらず二階に上がって鼓を持ち出し、お隣に一番近い部屋の廊下に座った。夫人の死を一笑に付されてなるものかと、夫人の生きた事実を止どめ置かずにはおれず、鼓を肩に当てようとした瞬間、

「あッー」

と、衝撃を受けた。源さんの御主人の魂は怨念を残して逝った人のものだ、生まれ替り死にかわり今もって成仏出来ない魂なのではないか。だから夫人の五十年の命の重み等一笑に付されるのだと思った。と、その時、亡き夫人から（そうなんです。分かってやって下さい）と、言われた、そんな気がした。

すると、たった今夫人の魂が成仏出来た、と、感じたのである。

丁度雨がシトシト降り出して鼓の音色が、一番良く出る湿気になった。二時間の長きに亘り、私からの手向けとして打ち続けた。

後に夫人の御姉上から、「お守り札貰って来ようか」と、問うと、

「もうええ、石綿さんが送ってくれたお札が有るから、これが着いてからは何にも心配せんようになったわ、これが有るからもう安心と、言うてました」と、伺った。

そして、手術室に運ばれて行く時、同室の方達とのお別れに「勝って来るぞと勇ましく！」と、歌いながら運ばれて行かれたらしい。

「元気になったら、私もヨガに行くから連れて行って」

と、林さんには頼んでいた由。

葬儀の次の日、御主人は御遺骨を持って出かけた。関東に居る親戚へ報告に回ると言う事で、まだ魂はその家に居ると言われるのに、空っぽの家になったのだ。吃驚した私は急ぎ隣に向かって窓越しに、

「源さんの奥さん、どうぞこちらに来てお茶を上がって下さい」

と、呼びかけた。そして、三十五日間お供えしますから、と言って毎日お茶を供える事にした。三十六日目忘れて、この日もお茶を供えた。（居ない！）私は隣に面した窓を開けた。高野山へ昇ったのだ。足跡が見える気がした。

そして、初盆参りに伺った時、あの御主人が、

「女房の物は皆棺桶（かんおけ）に入れてやろうとしたんですよ、でも石綿さんからの手紙だけは入れずに、私がいつも持っている鞄に入れて歩いている。淋しい人や気の毒な人が居るから、この手紙を見せて上げるんだ。安らぐと思って」と、続いて、

「神社仏閣やら葬式に行って、人が手を合わせるのを見ると、チャンチャラ可笑しかった。僕はこれまで頑張って頑張って、何もかも自力でやって、人の為に良かれと思う事を、せっせとやって来たんです。それでも今は虚しい。人生とはいったい何なのかと思うようになった。石綿さんいろいろ話を聞かせて下さい」

と、それは、神妙だった。心が内なるものを観始めたのだ。そんな御主人に私は安堵して、お暇する事が出来たのである。合掌

託していくために

昭和三十年代になって、生還者有志の方々のご尽力により、愛知県豊橋市の三ヶ根山頂に比島方面戦没者、五十余万人の慰霊碑と共に、比島観音が祀られた。平成十三年は三十

周年を迎える、大きな節目の大祭となった。

この三ヶ根山でぜひ私が歌ってほしい、と望む歌手に坂井しげみさんがいる。下見を兼ねて彼女は早速大祭に参列した。四月とはいえ風の冷たい山でも、供養の届いたこの場所は、暖かさを感じると言って、「ここで歌を奉納できるなら、光栄です」と歓ばれた。

曲目の『鶴』は異国の丘に倒れた兵士が、空飛ぶ鶴を見上げて、自分が鶴であったなら、今すぐ故郷へ飛んで帰れるのに、と思いを託す、という内容の詩である。

彼女の祈りを込めた歌声は、鶴が飛んでいく様が瞼に浮かび、涙が溢れる。間違いなく届けてくれると安心するのである。また、御父上の遺骨を抱いた十歳の時から、「必ずフィリッピンへ行く」と、堅く心に決めていたと言われる遺児の方より、三ヶ根山や戦跡巡拝のご縁をいただいた、そのおかげで北部ルソン、サラクサク峠において、父の終焉の地となった雀陣地に向かい、私はメガホンを借りて思いっきり、父の名を呼ぶ事ができたのである。

「マンダイチロー！　父ちゃあん！　お待たせしましたァ、一緒に日本へ帰りましょ！　皆さあん、一緒に日本へ帰りましょ！　肩に乗ってくださァい！」

バスの席が隣になった、関和さんや荻原さんの兄上にも呼びかけ、さらに一人も残さず一緒に連れて帰らねばと、力いっぱい呼んで、英霊に肩へ乗ってもらおうとした。すると、一天俄に掻き曇り、黒雲があたりを覆ったのである。ジープに戻ろうとしたそのとき、「ここだゾオッー！」と、父が居場所を教えてくれたように、雀陣地に向かって、厚い雲正に父が応えてくれたような気がする。

一週間の巡拝を終えて、三月三十日帰国、父の写真の前に丼一杯ずつの水とお茶と御飯を供え、五十余万人の英霊に灯明と線香を立てた。一日休んで、我が家の菩提寺では、毎月一日は御題目と法華経を唱える、祈念会の日となっているので、英霊に呼びかけて、参詣したのである。

「日蓮上人様、フィリッピンから五十余万人の御霊を担いで、無事帰国させていただきました。報告とお礼申し上げます。どうぞこの御霊を慰めて上げてください」

と祈った。御題目を唱える私には確かに感じるのだった。御上人が両手を広げて迎えてくださったのを――。

また、不思議なほどに、五十万の英霊が集まることを知っているかのごとく、祈念会の人々からのいつもに倍した、お供え物が用意されていたのである。

毎月第一日曜日、身延山へ月参りをしている講がある。四月は参加を申し込んでいたので、それまでは自分が、ささやかな供養をさせてもらった。当日、身延山にて、三十名ほどで唱える、読経の力を借りて日蓮上人を呼び起こそうと、私は必死になった。雀陣地に向かって父を呼んだように、いやそれ以上に力を込めて、

「御上人様、七百五十年の昔であっても、どうぞお出ましください。私はルソンの果てまで行って、五十余万人の英霊を担いで帰って来たのですから、何が何でも出て来てくださ

い。そして、この英霊をしっかり抱き止めて、癒し、慰めてください。お頼み致します」と祈念したのである。すると、御題目を唱える講の方たちの力強い唱和に応えて、お上人が浮かび上がった。両手を大きく広げ、「サアーこちらへ――」と、受け取ってくださった。

菩提寺の時以上の手応えがあったのだ。喜びが込み上げ、読経に力が入る。御上人が時を超えてよみがえり、祈りは聞き届けられた、と感慨無量であった。

地方においても、生還された方々が戦友を弔い、思いを伝え続けて五十六年が経つ。御苦労様でした、後は任せてください、と胸を叩きたい気持ちである。

しかしその技量は、どうすれば養われるのだろうかと、不甲斐なさを噛み締めていた。

そのような時、十年ぶりに再会した友人から感動する歌を聞かせてもらったのである。英霊の供養になる歌だと、確信もって、私は早速事務局へ奉納出演を頼み込んだのである。

会津若松の人々は、今もって戊辰戦争を語り継いでいるという。先の戦争を語り続ける曙光新聞が有るように、アジアを護るため、日本が人柱となったという。大東亜戦争も若者が自分の国に誇りを持てるような、絆にしたい。

これを次の世代へ語り聞かせたいと考えていると、すでに引き継がれていることが窺えたのである。

「見習いたくなるように、完璧に供養をしてみせてくれれば良い」と、返された。

先を生きる私たちへ、

「時世の力に負けないほどの本気を見せてくれ」

と言っているのだ。

私は若者の示した真剣さに充電された。おかげで、次の世代を信じていれば良いのだと、安堵したのである。

祈祷師の心意気

昭和六十二、三年の頃だった。二進も三進もいかなくなり、私は渋谷の易占いへ行って伺いをたてる事にした。

鑑定師は五十前後に見える、凛とした男性だった。相談の内容を聞いて、

「家族の写真を用意するように」と告げ、「これから毎日神前へ、これだけの供物を写真と共にお供えします。こちらは水を浴びて身心を浄めた上で、祈祷に入ります」と、祭壇の見本となる写真を見せた。

お社の前に吟味したと思われる品々を供えた祭壇が有った。それは、毎日新しく取り替える、厳粛なものである。これに掛かる経費の明細になった。

しかし、貯えがなくその調達が私には無理だったので、いつまでも写真を見つめていた。

すると、「出せるほどずつで良いですよ」と、事情を汲んでくれたのである。

それでもなお、後が続くかどうか、自信が無い。

とはいえ、こちらの相談には真剣に取り組んでくれている。それがよくわかる為、引くに引かれず思案に暮れた。突然！　語気を強め、

「こちらは、看板に賭けて祈祷するのですからッ！」

と、きっぱり言い切ったのである。即、この責任感の強そうな態度に、私の縋りたい気持ちが決まった。


早速、経費の三分の一と写真を持って出直した。分割で渡した経費が切れるまで、どれだけの日数が掛かったか忘れたが、いよいよ追加持参の日が迫って来た。どうしても残りの経費調達の目処が立たず、止むなく断念するしかなかったのである。

その旨、申し述べお断りすべく、渋谷へ出かけた。いかに念を入れて祈願されたかがわかるほど、あちらは私からの報告を受けて、虚を突かれたようになったのである。

「そんな、莫迦なッ此処まで来て」とばかりに。

ところが我が家の為に、看板に賭けた祈祷を中断する事になるのだ、大変申しわけないと思っていた私である。

「諦めたと言っても、自力で乗り切るしかないという決断が出来たのは、御祈祷のお蔭だと思います。御祈祷の力が私を立ち上がらせたのでしょう。これはこれで良かったと思います。有り難うございました」

と、お礼を述べた。すると、これを聞いた鑑定師の顔が（看板を汚がされぬ）と言う一心は、無駄にはなっていない、と、報われたように見えてきたのである。

こちらもホッとした。この体験からしても、真剣に求めれば必ず助け太刀が現れる事がわかった。たとえ、三角が四角になったとしても救われる。奇跡と思うほどの事がおこるのである。私はこれが神様の応えだと思った。

何とも不思議なことに、間もなく正体不明の苦悩は自然消滅したのである。

その年の夏休み、三男のお友達の家族と共に、関西へ旅行を思い立った。奈良駅の改札口から通りに出て来ると、大看板が目に飛び込んだ。何と、そこに「〇〇先生の鑑定八月〇日から〇日までターミナルビル何階にて」の大見出しである。あの鑑定師が、今このビルに居られるのだと知った。

それはそれは懐かしくお逢いしたい、又、改めてお礼申し上げたい気持ちが込み上げてきた。それでも、連れの予定があったので、止むなく看板を振り返り、振り返り先へ進んだ。

よほど、有名な先生だったようで、正に店の顔、その人だったのである。

興福寺の阿弥陀様を拝して、お顔を拝見していると親しみを感じた。

「良かったなァ」

と声をおかけ下さったようで、有り難さが身に沁みるのだった。鑑定師からの代弁だったかも知れない。そんな気もする。

法玄の使命

我が家に元気で生まれてきた子供は、五人である。恵まれたのは六人であるが、一人は死産してしまった。

この子だけ一度も抱いてやれず、可哀想なことをしたと思うと、胸が張り裂けそうだった。塞いだまま退院しても、寝付いてしまい、容易に起き上がることが出来なかったのである。

実家の母に頼んで、家族の面倒を見てもらった。母はどれほど娘の私を案じていたことか、その申しわけなさと、無念な思いに打ちひしがれていた。

周囲が慰め励ませば励ますほど、執着が強くなるのである。そんな時、誰かがラジオのスイッチを入れた。すぐに、

〝神は人間にとって最も善いと思う事をなされる〟

と、聖書のみ言葉が流れてきたのである。瞬間！　あの子の死は、私にとって最も善い事なのだろうか、そんなァ――どう言う事だッと思った。続いて、

〝貴方の目指している処へ辿り着く為、通る道はこれ。子に先立たれた、親の嘆きを痛感して、人の痛みをしっかり知る事。これこそが確実に到達する早道だから〟

するると、今度は、

〝お母さん、僕はもうお地蔵さんの処へ還るけれど、お姉ちゃんやお兄ちゃん達を大切に

してね。これを伝える為にお母さんのお腹に宿ったんだよ〟

と、子供の声がもっと近くに聞こえた。

ならば、これはあの子の使命なのか、だから命がけで親を諭したのだ、と思うと私は泣き崩れ、布団を被って泣き通した。

すると、別の部屋から、子供達の元気な笑い声が聞こえてきたのである。

顔も見なかった我が子が亡くなっても、これほどに嘆くのだから、元気に笑っているあの子達の一人でもいなくなれば、私は狂うかも知れない。それほど大切な宝ものである事を、教えるために来てくれたのだと肝に銘じた。泣き草臥れて、ぐっすり眠ったお蔭で、次の日、私は速やかに床を上げる事が出来た。

後にお寺さんから「法玄」と戒名を授かった。それ以来小さな位牌に手を合わせ、子供達の無事を祈ってきた。これを書く少し前から、

〝僕のこと書かないの〟

と、言われている気がしていたのである。今までどうして、この子の事を書かなかったのか考えた。

フッと、もう何年になるだろうか、と思って位牌を手に取り、裏を返して見た。丁度今年（令和三年）が、五十回忌だったのである。

命日は地蔵盆の八月二十四日、間に合ってよかった。この子がそれとなく知らせてくれていた、そんな気がする。合掌

二人の運命鑑定

四十代の前半、神戸の三宮へぶらりと、出かけた折の事。帰りの電車賃を残して、後は目に付いた小物を物色し、久しぶりの買物を楽しんだ。

その帰り道、駅の近くに〝運命鑑定〟と、大きな字で書かれた垂れ幕に気付いた。すると、珍しくこの足がそちらに歩を向けて行った。

「いくら」

「五百円」

電車賃＋五百円がまだ残っているかと、財布の中を確かめて、「有る、有る」と、言いながら座った。出された用紙に言われる通り、生年月日と名前を書いた。センスの良い垢抜けたこの婦人は、書かれた用紙を見て、名前のぐるりをエンピツで指し示しながら、

「うーん、外回りに障りは何も無いなァ、だけど、家の中が難しいなァ」

と、頭をかかえた。

「そう、当たっているワ、理想的な家庭を築きたいと思って、努力し続けているんだけど賽の河原、どうしてかなァ」

と、私は半分つぶやくように問うてみた。

「それはそうよ。自分が潰れているもの、潰れている人が何か築こうたって、それは無理や」

鑑定師は美代子という私の名前が悪いという。

「美代子という名前は、私を潰しているの」

「そう」

「自分が潰れているって、どういう事？」

「自分がしっかり立っていないって事やわ」

これも当たっているなァと思いながらも、

「私は自分を潰す時、右に行きたくても道は左しか無いという時で、己れを虚しゅうして、自分を捨てる時よ、そんな時しか自分を潰さないけど、その方が皆も安心するというような時でも、自分を主張し続けるの」

と、私の質問に、婦人は押されぎみになって、

「奥さん、救ってもらいなさい」と、力を込めた。

「誰に！　誰か救ってくれる人居るの？」

と私はたたみかけた。親兄弟とか、又は神仏とかかと思って体を乗り出した。何と、教えてくれたのは、

「ハンコ作りなさい。ハンコに守ってもらいなさい」だった。

「エッ、お宅ハンコ屋さんなの」

肩がガクッとした。

「ハンコはいらないワ、持っているから。自分の運をハンコに託すなんて嫌ョ」

と言った途端、婦人はムッとした。それが、大変な威圧となり、苦しいほどの押さえ込みになって危険を感じた。気の弱い人ならそれこそ自分を潰してでもハンコに守ってもらう事にしたと思うほどだった。私は蛇に睨まれた蛙になったが、嫌なものは嫌だった。

「父が付けてくれた名前なんだけど、自分を潰している名前とはねぇー。親は良かれと思う名前を子供に付けるでしょう。私の場合それが自分を潰すはめになっているのね。ウーン、ちょっと待って」

と、言って考えながら、

「父は私が四歳の時に戦争に行って、二年生の時に白木の箱で帰ってきたの。父との縁は薄いのよ……アッ！　名前に潰されるそれは、己れの業ね、これに苦しむ時は側で父が守っているって事だワ。私達父娘はそういう縁なのよ。薄いどころか強い縁だワ、これからは辛い時ほど父を覚えられるから強いワ！　そういう事よねッー」

と一気にまくしたてた。すると、私を押さえ込んだこの婦人が、なるほどという顔になったのである。ハンコを買わされない内に、荷物を持って逃げる準備をしながら、

「お蔭で大きな知恵をもらったワ、有り難う。ハンコ作らなくってごめんね！」

と言ってスッーと立ち上がった。何と呆然とした婦人の方が救われたような笑顔になっていたのだ。急ぎくわばら、くわばら！　で、あれは、実に真剣勝負だったと汗をかきき、駅へ急いだ。

後日、友人へ、「ラーメン一緒に頂こう」と、お昼にお誘いした。

「ワァ！　大変なご馳走ッ」と大げさと思うほど悦ばれるので、

「どおして、ラーメンじゃない」と、言うと、

「一本一本もやしのひげを取ってあるワ。こんなに手間暇かけた料理よォー頂きます」で始まり、私から三宮での出来事を聞いた彼女が、

「実はね、うちも運命判断の人が通りがかりに寄って来てん。私はいいから言うてんのに『気になる子供さんの名前を教えてくれ』言はんねん。それで、長男の名前を言うてんね。そしたらその人ブスッとしてね『誰がこんな名前付けたんですかッ』って怒るやないの。誰ってもう居てないけど、私の父が付けたんよ言うてん。そんなら『こんな名前よう付けよったなァ』って、ぼろかすに言うんよ。そんな事言うたかて、もう付いてるもの仕方ないやないのねェ。それで、どんな風に悪いのんって聞いてみてん。ほんならね、『一生気苦労の絶えん名あや』って言うんよ。

　私はその途端に、人間は何や知らんの苦労はある。この子のそれは気苦労なんやワ、それやったら、『息子よ、気苦労に負けるなッ、一生気苦労と戦えッ！』って言ってやろうと思うたわ。

　ねェ、石綿さん。有り難いという字は難が有ると書くでしょう。この子には気苦労と言う難が有んねん。この難を苦しまんと、有り難いと思うていけば良いと思うんよ。難があるという事は、有り難いということやねんねェ」

　彼女の生き抜く見事な知恵と、そのしぶとさが嬉しくて、心より拍手喝采だった。私は

今もって、この事を思い出すと感極まって、目頭が熱くなるのである。

お茶碗の中はあと一口

父は十三人兄弟の総領だったので、私には幾人もの叔父や叔母が居た。母が嫁いだ時、祖父はすでに他界していたが、かわいがられることも、叱られることも、豊かな情愛に囲まれていた。

もの心ついた時には、いつも祖母と二人三脚だった若い叔母を、綾子ねえちゃんと呼んで慕っていた。六つか七つのころ、紺絣でモンペを作ってもらった。

赤い色もリボンもない地味なモンペは、うれしくないので、叔母がせっせとミシンを踏んでいても、待ち遠しくはなかった。

呼ばれても、「穿かん！」と言って逃げ回り、叔母が、「せっかく作ったんやケ、チョット穿いて見せて。嫌ならすぐ脱いでもええケ」と、何度も懇願した。すぐに脱いでもよいと聞いたので、私は恩着せがましく穿いた。布が余ったからと三角巾も作って、頭に縛ってくれた。「ワアッ！　かわいらしィ！　鏡見て来てン」と、はやされて、「はよ、はよ！」と、押しやられた。

渋々行って鏡を見ると、地味でも意外に似合っていると思い、気に入った。

鏡の前からいつまでも離れないでいると、叔母はソーッと覗いて、私が気に入ったと分かったらしい顔で、「どう、似合っているやろう」と、念を押した。

自分に見とれていたところを、知られてしまったバツの悪さに、中途半端にうなずいてニッと笑った。叔母はすかさず「はよ、脱ぎ。脱がんね、スカンのやろう！」と、詰め寄る。今度は「脱がん！」と言って逃げ回ったことを懐かしく思い出す。

家業が呉服屋だったので、叔母も注文の仕立てをしていた。ある日、深刻な顔つきで二階から下りて来て、祖母の所に行き、

「おっかさん、大事した！　鏝で焦がしてしもた。どう考えても隠して縫い込めん個所よ、うちが弁償させてもらうケ、お客さんに断って、見立て直してもらえんやろうか――」

と、一気に告げた。私は、叔母の一大事を前にして、その場から離れることができなかった。

「しょうがねェ」

祖母が承諾した時、我がことのようにホッとした。失敗しても責任を取ろうとする姿勢は、潔く見えた。このときの叔母は、私の手本になっている。

また、あるとき「一粒一雫皆御恩なりー」と唱えて食事を始める祖母の横で、半分残っている御飯が喉を通らなくなったことがある。お箸が容易に進まない私と、根比べのように祖母は座っていた。急に用向きを思い出したのか、根負けしたのか、

「御膳を粗末にすることあ、ならんぞナ」

と言って、立って行った。

後片づけを始めていた叔母が、近づいてきて、

「食べられんのやろう、貸しなさい」

と言って、急いで御飯を自分の口へ掻き込んだ。

祖母の影を見ると、小さな声で、

「これくらいなら食べられるやろう、いま立つと、食べてもろうたことが、バレるけネ」

と、あと一口だけ残して私に返した。この恩は決して忘れない。

叔母の助け舟がどれほど有り難かったことか。この温情により、「粗末にするナ」という祖母の戒めを覚えたような気がする。

後に稼業を継ぐことになった叔父は、出征して行く私の父から、

「おまえが自分の子供にかける三分の一でもいいから、おれの子供にも気持ちをかけてやってくれ」

と、頼まれたという。

疎開した中津から、私は、祖母と叔父や叔母たちの居る八幡を、よく訪れた。祖母は元より、叔父夫婦や叔母たちからも良くしてもらった。帰りは、いつも山ほどのお土産を持たされるのだった。

やがて、年ごろになって私は嫁いだ。夫の兄も戦死していて、次男の夫が代わりを務めることになった。母から、「うわの空子ちゃん」と呼ばれていた私だったが、人間関係に

配慮のいる立場となったのである。

叔母は親を助け、兄妹と支え合って、八十年を生きた。八幡製鉄のおかげで栄えた商店も、鉄さびのため次々に店をたたみ、病んでしまった叔母も、大好きな商いをあきらめた。

里方に縁の深い叔母である。早くに父親を亡くした従弟は、

「本家がそっとして置いてくれるのが有り難い」と言い、

「母が、やっと僕を頼るようになって、今がいちばん良い」

と、喜んでいた。

隣同士にいる本家の従弟は、

「叔母ちゃんがいたおかげで、おふくろも立場が務まったと思う」

と、聞かせてくれる。

このような従弟たちの気配りと、感謝のことばを聞かされて、しみじみと心を温められるのだった。私は、

「父ちゃんがいたら……」

「兄さんが生きていたなら……」

と嘆いては、皆に不びんがられた。

祖母と三人の叔父と三人の叔母たちは、次々に父の所へ逝った。向こうで父がお礼を言ってくれていると思う。このまま別れたくない私は、次の世も、また叔父や叔母たちの姪になって生まれてきたい、そして今は、祖父母に心から感謝して、六十五歳を生きてい

る。

さざれ石

雨上がりの庭にたたずみ、私は「君が代」を歌っていた。——さざれ石の、巌となりて苔のむすまで——を幾度も。

大正時代、ドイツで世界国歌コンクールがあった。そのとき最優秀賞に輝いたのは日本の『君が代』だった。闘志や勝利などの戦意が無く、

君が代は、千代に八千代に
さざれ石の、巌となりて
苔のむすまで

ひたすら、貴い祈りの国歌であることが評価されたそうだ。また明治時代、莫大な資産を携えて、日本の国旗を買いに来たというフランスは、「世界で決して亡ぼしてはならない国がある、それは日本国である」と、後の大使が言ったそうである。

これらを知った私は、日本人としての誇りを強くしたのだった。

私たち家族は、昭和六十年の春、夫が勤務先の関西から、故郷である東京の世田谷へ

帰った。かれこれ二十年になる。

古い庭の掃除も、気を入れて草引きをすると、夫が飛び石を踏みながら、

「ワァー名庭園みたいだなー」

と、悦んだり、里から母がやって来て、

「庭掃除、垢抜けてるネ」

と、感心されるほど、腰を入れて当たった。表玄関から内玄関までの間に、おとなが十人ほど腰かけられそうに、大きな庭石が据えられている。寄り掛かるのにちょうどよい高さなので、そこで一服できる。

二年ほど前になるだろうか、ある日、この石に黴のような黒いものがあちこちに付いているのに気づいた。心なしか石は乾いてデコボコになり、小さく縮んだように見えた。手で擦ってもなかなか落ちず、干しヒジキのような、得体の知れないものが不吉だった。早々にホースとタワシで洗い流そうと気になりつつも、のびのびになっていた。が、それすら忘れたころだった。雨上がりの陽ざしに照らされた庭に出て、私は吃驚した。あの石に黒くへばりついていたものが、たっぷりと水を吸って、深緑の厚いビロードのように盛り上がった、それは綺麗な苔だったのだ。つくづくと眺めているうちに、夫で十三代目となる石綿家が、四百年を生き継いできた、先祖の思いが伝わってくるようだった。

東京には別れ難い友人もいるが、夫が亡くなって、私は故郷の九州へ帰るつもりでいた。それが四百年の長きを観てきたこの石が、私の代で苔むすのだ、何とめでたい事かと、感

慨も一入となった。すると、ごく自然に「君が代は、千代に八千代に——」と繰り返し、繰り返し歌っていたのである。

昨年（平成十七年）は神社にたびたびの御縁をいただいた。三月、皇居清掃奉仕から始まって鎌倉八幡宮。四月、耶馬渓は雲八幡宮。七月より氏神様で巫女舞稽古始め、九月、高千穂神社、天岩戸神社、再度雲八幡宮。十一月、厳島神社と、次々に参詣できた。

かつて一年の内に、これほどの御縁をいただいたことが有っただろうかと思うと、信仰の証しをしなければならない気持ちが湧いてきた。

十年近く前、毎朝の務めである神棚へ、かしわ手を打って拝んだ。すると、だれ一人にも分かってもらえない寂しい処に、神の御心は御座します。と感じられた。そのまま仏間へ行って、お題目を唱えると、お灯明を供えているにもかかわらず、闇の中に仏は御座すことが感知されたのである。

それからの私は、どのように些細な事であっても、生きている喜びと感謝のことばを光となすべく、声に出して唱えるようになった。

義憤の強かった私も、七十年近く生きてみると、懺悔と祈りの心が強くなる。親の居ない身なし児のように、王の居ない民は哀れということも学んだ。

幸い我が国は、「和を以って貴しとなす」を理念とし、国家安泰、世界平和を御祈念くださる天皇陛下が御座します。このように貴い日本の象徴である、天皇陛下を支えるべく、皇后陛下が、続いて雅子妃殿下が、民間からお上がりになった。

ここにお立場の切なるものが伝わる。今は何を選択するのも自由な時代だ。無信仰も自由、そんな時代に生きる私の自由は、天孫降臨を信じ、現在する天皇陛下を敬う事を選択したのである。

そして、苔を育みつつ生きている庭石を見た。すると、我が家の運命と国の行く末が重なった。私は家庭崩壊が国の亡びに繋がると考えている。これを食い止めたい一心で、「君が代は、千代に八千代に、さざれ石の、巌となりて、苔のむすまで」を唱え、庭を掃き清めるのだった。

青春の一齣

叔父夫婦の運営する料亭を手伝っていた、十九、二十歳の頃の事。

ある日、常連客の老紳士三人が、手伝っている私を見て、その一人が、

「僕はこの娘（こ）を見ていると、桃太郎を思い出すんだ」

と、鬼退治に挑む桃太郎のような、と言った。横に居たもう一人の老紳士は、身体を乗り出すようにして、

「僕は忠臣蔵の主税（ちから）を思い出すんだ！」

と、ニコニコと私を見ながら言った。すると、少し離れて居た老紳士が、

「そうかねェー」

と、近づいて来て、

「僕は白虎隊を思うね」

と、三人三様を聞かしてくれた。よく紺絣の着物を着せてもらっていたので、少年剣士のような印象をもたれたようだった。丁度その頃、やはり常連客の少し気になる若いお客が又、別の日の事、皆から離れて窓越しに空を仰いでいた。月のきれいな夜だった。お運びして入って来た私を「急いで！」と、手まねきした。そして、

「見てごらん、月がきれいだよオー」

と、指さししみじみと見惚れていた。どれどれと横に行き夜空を仰ぎ見て、私が、

「アァ、昨日の方がきれいだった」

と、言った途端、

「僕はムードを作っているんだ！　もう分からないんだなあ、君はそんな娘だったのか！」

と怒り出し、私は呆気なく嫌われてしまった。男性の気持ちに鈍感な、思いやりの欠けた娘だったのである。お月様より鬼退治の方が似合っていたようで――ところが、彼の先輩が後で、

「彼は女たらしだから、気をつけた方が良いよ」

と、注意してくれた。ムードに弱い娘でなくて良かった。あんな男性が女たらしなのかと知った青春の一齣である。

熱意

平成十四年八月十日、日本カンツォーネ・ナポリターナーコンクール決戦大会が、世田谷区立玉川区民会館ホールで催された。全国から集まった、二次予選合格者、二十一名の競演となった。これに挑戦する坂井しげみさんを、私は友人たち十名と連れ立って、声援と拍手で見守った。

坂井さんは私が三十代のころ、関西で子供の学校のPTAやボーイスカウトで、一緒に燃えたグループの中の一人である。この坂井さんから、久しぶりに届いた年賀状に、

「私は今カンツォーネシンガーとしてがんばっています」

と書いてあった。驚いた私は、早速連絡を取り、十六年ぶりに再会の運びとなったのである。

二人で食事をしながら、来し方を語り合ってみて、彼女は、いったん目指したものは必ず成し遂げる人物に見えた。

「自分に才能が有るか、どうか分からないけど、先生が、日本一のカンツォーネ・ナポリターナ歌手にしてみせると、たいへんな意気込みだ」と言う。

運命鑑定をしてもらうと、「志を高く持って邁進せよ」と示され、さらに、

「歌を以って人の心を慰め、癒し、希望を与え、神のお役に立てよ、幾人かの支えてくれる人に出会い、目的達成に漕ぎ着けるであろう」

とのお告げをいただいた、と聞かせた。そして、

「石綿さんは、私を支えてくれる、その一人だと思うワ」

と言って、こちらの反応を見ていた。

無意識の内にも認めたように、私は動き出していたのである。間もなく日比谷シャンテでの、コンサートへ出かけた。彼女の竹を割ったような性格とは逆に、繊細な声が魂に浸透する。全身を耳にして、その音声を迎えに行くほどに魅了された。イタリア語は分からなくても、切々と訴えてくるものに、涙は頬を濡らして止まらなかった。

終了後、その感激を伝えると、今度はぜひ自分の歌う『鶴』を聴いてほしい、と誘われた。また渋谷のバー「青い部屋」に出かけて、ロシアの歌という『鶴』を聴いた。戦場に散って行く兵士が、思いを鶴に託す歌だった。

鶴が頼もしくて、兵士の供養になる歌だと思った。私は大東亜戦争の比島戦線で亡くなった部隊の、慰霊碑や比島観音が、祀られている豊橋の三ヶ根山に行って、ぜひ、この歌を奉納してほしい、と頼んだ。

「光栄です」と、彼女が心を込めて歌った歌の、奉納は大成功だった。来年もと期待されることとなったのである。それ以来、英霊に支えられているという実感を口にするようになった。

この成果を喜び、靖国神社へ思いを馳せることとなった。善は急げと参詣して、奉納出演の伺いを立てた。

ここで私は、真心を試される事になったのである。思わず肩に力が入って、他の出演者を批判してしまったのだ。英霊に捧げる神妙さが窺えない、と言って。途端に神官さんは顔を曇らせ、

「英霊に喜んでいただきたい、お慰めしたい、との気持ちで来られる方のみ、受け入れております」

と、拒否された。英霊に見放されたら、万事休す、と肝を冷やした私は、必死になって謝り、

「失言でした、こんなことばが出ないように悔い改めます。ご勘弁ください」

と、慌てて詫びるのだった。

私は五人の子供達へのゆめは、すべて壊れた母親である。そんな私にでも繋がっている人々がいるのだ。裏切れない私は、気がつくと、坂井さんの夢に、懸けていたのだった。

神官さんは、

「七月十三日からのみたま祭の奉納演芸を、ごらんになってから、秋の大祭に申し込まれたらどうですか」

と、受け入れてくださった。熱いものが込み上げ、心の中で合掌した。

みたま祭の最終日、坂井さんに会うと、いきなり私を引っ張って、

「ホタルがいるのよ！　見て見て！」

と、舞台の上を指さした。

「なぜ、こんな所にホタルがいるの？」

二人で不思議がり、英霊がホタルになって帰って来るという言い伝えをしみじみと思った。

大会の日が近づき、坂井さんに迷いが見えた。私は使命感を持つように説得し、何のために日本一を目ざすのか、と本気度を問い詰めた。彼女は、

「自分の歌が、人の慰めや癒しとなるなら、どこまでも行って歌いたい。ただ、それだけ。日本一など、どうでもよい！」と言う。

信じていても、もう一つ手ごたえがないまま、大会の日を迎えたのである。

手強い相手も続出した。だが、彼女は努力を惜しまなかった。彼女の伸びやかな声は、品性を感じさせ、私は思いっ切り、「しげみ！」と、声を掛けた。

それを背にして退場する姿は、余裕綽々だった。念じて待つ私に、横にいた友人は、

「正に我が子を呼ぶようだった」と言う。

審査の結果、優勝のトロフィーは、坂井さんに渡されたのである。

翌日、一緒に靖国神社へ、お礼と報告に行った。

後日、坂井さんから、

「石綿さんの熱意に応えることこそ、私の使命であると思ったのよ」

と、聞かされた。

再会して、私もまた支えられたのである。そして、彼女は伝統ある、ナポリ民謡祭への

出演も射止めたのであった。

ドムさまのおかげで

私がドムに出会ったのは、西宮から東京に引っ越すため、夫の勤務先の方から送別会をしていただいた時である。

引っ越しの準備より精神的な面で疲れて、春まだ浅いその日は、ご好意に応えるのが、やっとであった。それでも二次会のバーへも、夫の供をした。後輩の方が気づかって、私のためにドムを注文してくださった。初めて知ったリキュールである。

小さいグラスに入った初対面のドムに、そっと口を付けてみた。すると、命が注ぎ込まれたように温もり、体がやわらいで来た。凍結した血の流れにスイッチが入ったのだ。

私は、ドムという名前を覚えたので、後日、酒屋で求めて来た。当時は高価だったのだが、即効性は体験ずみなので、たしなんでいた。

そのうち元気になって、いつの間にか忘れていた。

何年か経って、体の不調でまたドムを飲みたくなった。酒屋へ行くと、「長く続けることが大事」と、教わった。私にとって修道院で作られた物というのが、さらに信頼度を高めたのである。レッテルには、

「一五一〇年、ベネディクト派の修道僧ベルナルド、ヴァンセリによって作られたフラン

スを代表するハーヴを原料に、二年に及ぶ歳月をかけ製品となります。オンザロックやカクテルのベースとして楽しめます」

と、記されている。

残り少なくなったドムを、先日、酒屋で取り寄せてもらった。新しいビンを開けてウキウキしながらひと口含むと、

「何これ！　そうとう薄めた味になっているじゃない！」

と、大きな衝撃を受けた。修道院でもこんなのか、と悲しくなった。やけになった気分で、四十度のドムをコップに注いで、ジュースのように飲んだ。すると、じっとしておれなくなり、輸入元へ電話を入れた。

「ドムの事で苦情は来ていませんか」

そう問うてみた。

「いいえ……何か?」

「熟成が足りないのですかねえ」

事情を伝えると、

「いいえ不良品かもしれません。おそれ入りますが、着払いで送っていただけませんか。こちらから別の物をお送りしますので、明日には着くと思います」

言って良かったと思いつつ、また、

「修道院が不良品を出すようでどうする！　信仰離れしてあたりまえだワ」

と、寂しくなるのだった。

次の日の午前中には、輸入元から宅急便が届いた。早速飲んでみる。

「これこれ、この味なのョ」

と嬉しくなって、私の機嫌は直った。水増しされたようなビンからも注いで、飲み比べてみた。

「ウッ、あれェー。何でェー。どうしてェー」

何度比べても、同じ濃度なのだった。そばにいた母にも比べてもらったが、違いが分からないらしく、飲み比べてばかりいる。私は狐につままれたような気になり躊躇しつつ、また輸入元へ電話を入れた。

「ただいま、ドムが着きました。早速飲み比べてみたんですョ。ところがですネ、何と言えばよいか、そのままを言うしかないのですが、送られて来たのを飲んでみて、間違いなくこの味だと喜んだんですョ。それで前のと比べてみましたら、何と同じだったんです。あんなに水っぽいと思ったのに、どうしてでしょうかねェー。でも、どうせいりますから、お金を送ります」

担当のOさんは、

「いいですョ。飲んでください」

と気持ちよく言い切った。

「三本も入っていたのですから、あなたの懐が痛いでしょう。悪いワ」

と返すと、

「それならというのも何ですが、ドムを石綿さんの体験から、その効力を伝えてお友達にも、飲んでもらってください」

と言われる。

「もしかして、ガブ飲みしたので、体調が戻ったんでしょうかネ！」

などと言いつつ、遠慮なく頂くことになった。

話は違うが、私はクリスチャンでもないのに、聖書の御言葉（みことば）にはずいぶん救われ、導かれもした。このドムは修道院で薬を作っているうちに、お酒になったという由来がある。フランスでは薬屋に置いてあるらしい。一日の違いで私の舌はどうなっているのだろうと、分析しきりになった。すると、何かが私を動かしている気分になるのである。

ドム三本の棚ぼたは、啓示だろうか。

すると好きな御言葉の中からひとつ、「悪しき者の計りごとに歩まず、罪人の道に立たず、嘲るものの座にすわらぬ者は幸いなり。このような人はそのなすところ皆栄える」が、わすれてやしまんせんかというぐあいに浮かんできた。

私の勘違いした舌により修道院に失望しても、終始誠実に対応する、清々しいOさんには、神が宿っているような気がした。さらに、「神は大衆の中にいる」の御言葉をも思い出させていただいた。ドムさまのおかげで――。

信仰について

共に生きる

初めて知った〝共に生きる〟ということ、それは四十歳を過ぎて、間もなくのことである。息子のために一人でも行ける近さを選んで、同じ町内にある幼稚園へ通わせていた。キリスト教の幼稚園なので、時々私も教会へ行き、講演やお説教を聞かせて頂いた。ある時、国際医療に携わっている医師の、ネパールでの体験講演を拝聴した。

この医師は奥地のある村で、病気の老婦人を看ることになった。入院が必要な状態なので、設備の無い村では応急手当てをして病院に運ぶ事になったが、乗り物の無い奥地からは、歩いて三日かかる距離である。そのため、患者を背負う人夫を雇って、三人で病院に向かった。途中、共に食事や野宿をして目的地へ急いだ。やっとの思いで、町の病院へ辿り着き、病人を託して手続きをすませた。

ネパールの立派な医師が見送りながら「ドクター、貴方はここに来るまで、彼等と共に食事やキャンプをしましたか」と問いかけた。「勿論、病人に付き添って来たのですから、食事も寝起きも一緒でした」

このように応えると「その事は口外しないようにして下さい。この国では階級がはっきりしていて、ドクターが人夫と寝食を共にしていた事がわかると、ドクター階級から相手にされなくなります。また人夫も人夫世界から締め出されて生きにくくなりますので、くれぐれも口外なきように」と注意された。

国柄なら仕方がないと、共に頑張った人夫の事を思いながら釈然としない気持ちで、人夫の所に行き報酬の額を聞いた。すると駄賃は「いらない」と言った。

「人を運ぶことは、君の仕事ではないのか。仕事をしたのに、報酬を求めないのは、なぜか」と聞くと、「この三日間、共に生きる事が出来たから」「ならば明日からどうするのか」と問うと、「また共に生きる仕事を探す」と言って立ち去った。

この医師は「私はネパールでいろんな体験をしたけれど、この度はこの人夫にめぐり逢うために、この国へ来たのだと思いました。〝共に生きる〟という事を私に教えるために、神が人夫の姿となって現われたのではないか、と思いました」と締めくくった。

私はこの講演により〝共に生きる〟という事を初めて教わった気がする。胸が一杯になったその感動は還暦を過ぎた今も続いている。合掌

如来の網

夢を見た。無間(むけん)地獄に落ちてゆく夢。もがきながら落ちてゆく私の手にさわるものが

あって、私はこれにしがみついた。蔦だった。その蔦で出来た網の中に、やっとの思いで這い上がった。〈こんな所にじっとしてはおれない〉と思い、網の中から這い上がろうとすると、網から落ちて、また急降下してゆく。すると、さっきと同じように、もがく手にさわるものがあり、これにしがみついてまた這い上がった。さっきの網である。〈やれやれ〉と思い、早々に出て行こうとして、またまた無間地獄へ落ち、またまた蔦にふれて這い上がって……と繰り返した。三度目の網の中で、私はじっとおとなしくなった。

するとと誰かが上から覗いているような気配を感じ、私の入った網がゆれて、少しずつ上がってゆく。〈阿弥陀様だ！〉と思った途端、目が醒めた。この夢は現実の己れがよく表れていて、み仏のお見通しに畏れ入った。そして網を繰り返し下ろしてくださったお慈悲を思って、胸が熱くなるのだった。

昔、こんなこともあった。私が幼稚園の頃だったか、叔母の唱える浄土真宗のお経の「末代無知の章」の節回しが何とも言えず好きだった。短いお経だったので、遊びながらつい口ずさむほどだった。

そして、三十代の後半に体を壊し、里で養生させてもらっていたある日、仏間で伏せっていたら、なぜか、うろ覚えだった「末代無知の章」を今日中に暗記してしまおうという思いがわいてきた。仏壇から経本を持ち出し床の上に座った。経本を広げて唱えてみると、懐かしい節回しが思い出されて嬉しくなり、思いのほか早く暗記することが出来た。

その日は、少々くたびれたので、夜の九時頃眠りについた。すると、不思議な夢を見た。

布団で寝ている私の傍に、夫がやってきたのだ。その夫に私は「これでしょう?」と言って、しっかり暗記した「末代無知の章」のお経を渡した。そのお経を受け取った夫は、スーッと消え、目が醒めた。

「自分の魂は夫が来ることを予知していたのだろうか」などと思い、ふと時計を見ると、午前二時をまわった頃だった。「たとひ罪業は深重なりとも、かならず弥陀如来はすくひましますべし……」という阿弥陀様の誓願に夫がすがってきた時間帯は、「丑三つ時」であった。

さて、現在、小学生の孫も「このお経(「末代無知の章」)大好き、正信偈も大好き」と言って、私より積極的に唱えている。こうして、私は孫とともにお経を唱えられる幸せを、噛みしめている。合掌

空と無と信仰

素直と正直、この貴さを以って生きるのが私の信仰である。素直に生きて潰れそうになると、正直が助けてくれる。正直に生きて莫迦を見ると、素直が守ってくれる。これを私の法としている。

宮本武蔵の言葉「神を尊び神に頼らず」と同じ、全て自己責任である。

二十七歳の時、叔母から高神覚昇氏の著書『般若心経講義』を渡された事が切っかけと

なった。文中の「人の悪しきは我が悪しきなり、人を咎めんとする心を咎めよ」に発心した私は、「無」を学び真理を求め始めたのである。真理を求めるには宗教が一番と思った。私はチベット仏教から「人の本体は心、心の本質は光」と学んだ。ならば何を以って光とするのか、五十年の修行の末はっきり言葉にできる。

普く(あまね)救いの為に命がけで事に当たれば、決して消える事のない光を掴む事ができる、という事である。

我が祖父母の信仰の姿から、私が神仏を敬う事は自然である。また、命がけで一派を成したものは皆貴いと存ずる。その為、縁が有れば各宗門を訪問した。

各宗派の共通点は何か、それは「活かせ命」を教えていることだと分かった。あとは縁である。浄土真宗に生まれ育って、婚家は日蓮宗だった。念仏が身に染みついている私が、法華経を唱えると、動じない自分になる。そんな気がした。両者に守られている事を感ずるのである。

奈良の薬師寺で「囚(とら)われない心、拘(こだわ)らない心、片寄らない心」これが「空」の心と教わって、それ以来この三つを頭に置いている。また、悟るという事は一つの事に徹する事である、と学ぶ。更に信仰の終わりは「許し」と教わり、これらの教えを素直に実践して証すと、信仰の喜びを知る事ができる。

このように行い続けると、薫習(くんじゅう)が備わる事も学べた。そして、それこそが宗教の礼儀作法と知る事ができたのである。

ここまでくれば自由自在で、正に方便の技が使えるようになる。これは信じ切った者にしか許されない奥義である。初めは難儀なようでも、骨を掴めば最高の生き甲斐になる。骨とは信じて行う事、これが骨である。

この度、これを書き進めて我が魂の供養となった気がする。只、感謝のみ。合掌

神が望まれていること

夫の転勤で関西へ行き、私たち家族は郷里を離れて西宮で暮らした。二十代からアッという間に二十年たっていた。そして、やっと東京に帰るときが来たのである。だが、うれしくない。

夫の両親はすでに他界している。理由が分からず、どれをあて嵌めてみても、何が厭なのか分からない。

そんな自分が、とても哀れになり、人生の師であるクリスチャンの古川様を訪ねて教えを乞うた。

古川様はしばらく黙っておられた。これまでの私を思ってみられたのだろうか。そして、

「あなたが泣くほど厭だと思うのは、何かあるんだね。その対象が分からないということなんだけど……」

「……」

二人の間に沈黙が流れた。

やがて、古川様は深く考えられたらしいおことばを、苦しんでいる私の心に温かく注ぎ込まれた。

「――これは神の願いだと思うの。あなたに東京へ帰ってほしいと望んでいるのは神様なのよ。神が望んでおられることだと思うの」

「……」

「東京へ帰ってみてどうしても無理なら、そのときは私を頼ってこちらに帰っていらっしゃい。あなたのことは、私が引き受けますから」

やっとのこと、この慈悲により私の苦痛は消えた。

古川様がそうおっしゃるのなら、そのときは頼ってこようと思って、納得したのではない。心を温められて、「有り難うございました」と、安心しておいとましたのである。

自分が安心できたのは、古川様が深い私の心の淵まで降りて、真剣に祈って下さったこの真心を頂けたからである。

帰宅後、それまで手のつかなかった荷造りが、早速できたのだった。自信を持てた私は東京へ立つとき古川様へお礼の電話を入れた。

「古川さんのおことばに辛い気持ちを消していただきました。おかげで、東京へ苦もなく向かえます。本当に有り難うございました。東京に帰りましてからも古川さんを頼って帰って来る事はないと思います。どうか私のことは御放念下さい」

古川様は、

「あなたがいちばん願っていることは神様が叶えて下さいますからね」

と、餞別のおことばをくださった。

何年か後には、古川様にささえられたように、従弟へ繋ぐことができた。魂の伝達である。古川様から私へ私から従弟へここで初めて自分が生かされたのだと分かった。求め続けた救いの道を、ここで初めて実感できた。こうして、命は繋がってゆくのだと――。

自分を空っぽにすると無になる。力が無くなるのではない。無という力が備わるのだ。

そのときこそ素直と正直が力を見せてくる。永遠の命を古川様に授かった。そんな気がした。

ずっと寄り添って、共に歩いてくださる。そして、「あなたが命がけでぎりぎりのところを生きて来られたのを知っている」と見守ってくださっていた。古川様は平成十年私が出版した、お四国遍路紀行文をご覧になった。安心されたご様子に私も安堵した。「私の事も書いてあって……」と喜んで下さった。その一年後、古川様は検査入院された。何と退院の日に急変し、昇天されたのである。合掌

もし、私達が互いに愛し合うならば

四十代になって間もなくのこと。家族は皆元気に過ごしていた。近所の方々や、友人知

人とも障りのない暮らしの筈だった。長女が成人式を迎え、続いて短大の次女、高校の長男、中学の次男に歳の離れた三男はまだ幼稚園の頃である。世帯盛りの私はまだまだ、子育てに励んでいた。

そんな、ある日のこと突然孤独を感じたのである。（何なの……）と、思いながら、（この私が、何故孤独を味わうのか）と、とても不思議だった。

嫌な孤独感を引きずり出して、「とっとと失せろッ！」と、言いたい気持ちになった。誰かに問うてみる気にもなれず、答えてくれる人が居るとも思えないので、紛らわさずに、この孤独感を見据えた。孤独の正体を暴いてやるとばかりに、それが良かったのか、手こずることもなく分かったのである――。

一人ぼっちということだった。（何だァー）それでも、どうして私が一人ぼっちなの？と考えた。これも時間を掛けずとも判明した。

曲がりなりにも子育ての成果を出したところだった。己れの言い分が通ったところで、水面下のものも動き出していたのだ。見えてなくても私はこれを感じ取って、孤独を味わったのだと思った。それでもこれまで、一直線に突き進んで来たので来し方に悔いはない。

その頃、町内のキリスト教会へ誘われていた。ここで丁度聖書の中から覚えたばかりだった。それは、

〃もし、私達が互いに愛し合うならば
神は私達の内に居まし
神の愛が私達の内に全うされるのである〃

このみ言葉を繰り返し口にしていた。そして、〃もし、私達が――〃の、もしに拘り何故始めにもしが付くのだろうと、考えて、考えて、のっけにもしが付くのは、万に一つというほど、互いに愛し合うのは難しいことなのだ、と、分かったのである。

大いなるものの御心を追い求めることが好きな私は、この〃もし、私達が互いに愛し合うならば〃のもしを払いのけて、早速実践に入った。信仰の醍醐味は御教えの正しいことを、実証するところにある。

一番抵抗したと思われる夫から始めた。まず、仕えることから積極的に。ところが今日は女房の機嫌が良いようだとか、どんな風の吹き回しかの程度だったようである。大きな期待をして当たるので、答えが出る前に草臥（くたび）れてしまった。そして、もうどうでも良くなった。すると、気が抜けた私へ今度は、夫の方から動き出したのである。私はむくれていたようで（もう遅いッ）と、なって振り出しに戻った。

それでも、仕える努力をしてみて二つの収穫があった。一つはその気があっても間が合わなければ至難だということ、さらに、努力と愛では、出る結果が違うということがよく分かった。神様に愛されているのは、間違いないのだから、しっかりと意志をもって只、愛し続けることこそ成果であるのに、別の方に期待をもってしまった。それはそれで、己れの履き違えを知ることが出来て、私にとっては大きな前進となったのである。

子供達には己れの愛情を過信していて、叡智は出なかった。それでも、努力の成果は出したのだからと自負しつつ、身近なところで愛し合う対象は居ないものかと、探した。なんと近過ぎるほどの身近に居たのである。それは、もう一人の私だった。

長いこと、自分を戒め自分を懲らしめて、大いなるものに縋って来たのだ。それからは、問題が起きると、まず私の中の二人と相談するようになった。（疲れたでしょう）と心が肉体に問いかけ、肉体が心に（早くすませたいのでしょう）と、言う。互いに相手を汲み合い慰め、ゆずり合った。こうして、良い知慧が出るまで庇い合うのだ。すると、周囲が動き出し良きに図らってくれて、その問題は次々に解決していった。

牧師さんから「本当に信じている人の上に現れる奇跡です」とも、教わった。それからは己れとの戦いではなくて、もう一人の私と、和を図ることから始めた。それを最も大事とするようになったのである。これこそ世界平和の第一歩である、と、信じて。

私は内なる二人と対話をしていたのだが、だんだんに神様と対話しているような気分になって来た。さらに、もう一人の私こそ神なのでは――と、思い始めた。

これを、人様に語ると、「内なる神とは、良心のことですねッ」と、念を押された。

すると途端に、神の愛が私達の内に全うされたのだと、お蔭で確信をもつことが出来たのである。

神様と懇意

家の外回りの溝掃除をしている所へ、知人が通りかかった。私に気付いて、

「あら！　石綿さんの家ここなの」

と、声を掛けられ、私は手を止めて互いに近況報告を始めた。

この方は難儀な問題が起きていて、気が重いとの事。その内容を訊かせた。私は大変気の毒に思ったので、

「祈っているわネ、私、神様と懇意だから」と自然に言った。すると、可笑しさを抑えるようにして、それでも、「お願いします」と、真面目におっしゃった。

私は三十代の前半得体の知れない、不安と不気味さにさいなまれた。その為、命がけで真理を求め続けたのである。お蔭で宗派を越えて、何宗からでも導かれるようになった。

神様と懇意と言えばこんな事があった。

〝神は一人子を賜わったほどに、この世を愛して下さった〟

この聖書の御言葉を初めて拝聴した時は、畏れ入った。が、段々に変な気がしてきたのである。知れば知るほど十字架に架かるまでのイエス様が、気の毒になってきて、私は神に喰らいついた。

「愛する一人子を賜わったほどに、この世を愛して下さったとは笑わせる。ばつが悪いものだから、よく言うワ、自分が一人子を助けられなかっただけじゃないかッ！　お前ほど

卑怯なやつが何処に居るッ！　声も聞かせず、姿も見せず、この卑怯者めッ！　出て来いッ！」

と、怒鳴り付けた。気が付くとこの卑怯者が私の中の火鉢に手をかざして、温もっているではないか。

「チョットオッ！　いつの間にィ」

と、問うと己れの内より、

「神は熱きか、冷たきを飲まれる、生ぬるきは吐き出される」

と、厳かに聖書の御言葉が吐き出された。

「そんなァ――」と言う感じである。

私は若い頃からズーッと燃え続けていたので、神様好みなのかなァと思った。何故なら、「いつも、燃えている人」「飽くなき追求するんだからァー」と、娘から言われていた、だから神とは言え、「ご免下さい」でもなく、この身体の中に勝手に入り込んで温もっていたのだ。神様も私と懇意にしているようで、何とも可愛い。

やがて、悟れた事や確信となった事は、積極的に人々に述べ伝えた。すると、一人で聞くのはもったいないから、皆を集めて話してほしいと、言われ出した。

私はこれを神様が喜んでいると感じるようになった。その頃から神様と懇意になってきた。そんな気がするのである。

神仏のたわむれ

昭和五十年代、西宮に居住していた頃のこと、宝塚線にある中山の観音寺へ参詣した。その時のことである。

境内のお手洗いを拝借した。用足しに中へ入ると目の前に太い字で、

「右向け」

と書いてある。首が自然右を向いた。今度は、

「左向け」

と書いてある。素直なこの首がその通り左へ向いた。すると又、

「上向け」

と書いてある。切りがないと思いつつ、それに従った。上を向くと今度は、

「下向け」

と書いてあった。応せの通りに下を向いて見ると、

「バカ！　キョロキョロするな！」

吹きだした私は笑い転げて出て来た。そして神様みたいと思ったのである。何故ならば悟るように導かれているのかと思って、私は悟ることにいとまがなかった。

だが、悟っても悟っても次から次と、問題は起きてくる。更に悟ったからと言っても、歓びは束の間ではないか、悟ることも無意味に思えてきた。すると、

と、聖書の御言葉が飛び込んできたのである。これを知って御言葉を実践するのが阿呆らしくなった。観音様の落書きと言い、神様の悟れと言ったり、悟りも虚しと言ったり、いったいどうせえと言うのかッ！　である。

そうこうしていると、母が娘二人を連れて伯母の回向の為、知恩院へ出かけた。帰宅してテーブルの上にお土産と、お寺さんから頂いてきた、栞が置かれていた。これを手に取って見て、吃驚した。

「悟りの道を求めずして、救いの道を求め候え」

と、法然上人の御諭しが記されていたのである。これまで悟り癖がつくほど、悟り続けたにもかかわらず、やってもやっても到達しない為、虚しくなっていた。

私は悟りたかったのではない。救われたかったのである。やっと本道に入ったと思い安堵した。それまでの長い心の修業が終わって、どうすれば救われるかの、具体作が分かった。

正しく悟ってきたかの証明が始まったのである。遂一相談し導いて頂いた、我が師である、今は亡き三明院ご住職の一言。

「只、感謝と懺悔、歳をとるともうこれだけよ」で決まった。私は五十九歳の秋八十八ヶ所一人旅に出る事が出来た。これは、己れの成長を実感し、友人からも逞しくなった、と言ってもらった。又、娘からも、

「悟りも又虚し」

「遍路に出て、運勢が変わったネ」

と感想をもらった。二人の言葉が自信となったのである。私はある時、仏壇の前で、

「神仏に喜んで頂きたいと思って、生きて参りました。が、これ以上どうすれば良いか分りません。教えてください」

と祈った。仏壇の中から聴こえてきたのである。

「貴方の幸せが私の喜び、貴方が笑えば私も嬉しい」

「そうなのですか――」

ハッとした。この時、何事も喜んでやらねば結果は出ないと言う事も、肝に銘じたのである。

又、ずっと寄り添って下さっていたのだと思って、目頭が熱くなってきた。既に歳七十の声は訊こえていた。

今年令和四年は年女である。女性でもキリマンジャロ、エベレストと世界の山々を登破してきた同級生が居る。いつもは本人が写った山の写真であるが、今年は、

〝なにごとにも
トラ（寅）われず
わが道をゆく〟

と力強い年賀状が届いた。コロナ禍を乗り越えた私である。負けてはならぬ我が道をゆこう。

我が家の仏壇物語

東京の両親から離れて、夫が転勤の為私達家族も関西に移り住んだ。

次男である夫は戦死した兄に代わって、長男の務めを果たす立場になっていた。私は信仰の篤い家に生まれ育ったので、手を合わせる事や仏事などは自然身についている。

転勤先の借り上げ社宅では、厚紙の箱の内側へ金紙を貼り「石綿家先祖代々」と書いた紙を貼って、御仏飯やお線香を供えた。

東京にはなかなか帰れない内に義母は亡くなり、義父も逝ってしまった。日蓮宗の仏壇は作り付けである。東京の家が空家になったので、夫に位牌を関西へ持って来てもらった。

暫く床の間の違い棚に安位して、お茶やお光を供えた。が、次第に位牌が粗末に思えて来たのである。いつ東京へ帰れるか分からないので、仏壇が欲しいなあと思い始めた。

ある日、夕飯の後テレビで野球を観ている夫へ「仏壇、買って」と言ってみた。そっけなく「お金が無い」と言われてしまった。お金が無いと言われれば、黙るしかない。

そんな折、知人からデパートの外商の展示会へ誘われた。各部屋にいろんな商品が積まれたり、飾られたりしてあった。

和服、洋服、コート、瀬戸物、履き物等々見聞を広めた。毛皮のコーナーでは素敵だと思う物を、片っ端から試着して楽しんだ。

昼食は都ホテルでフランス料理を御馳走になり、上流階級の気分を満喫して帰宅。夕食

後、今日の出来事を夫に話すと、

「そうか、それは良かったなァ」

と共に喜んでくれた。私が駄目元で、

「毛皮のコートで私にピッタリのが有ったワ、素敵だったあー、買ってッ」

と言った、すると、

「そんなに似合ってた」

「私に誂えたみたいなのよ、コートが私を待っていたようだったワ」

「そうか、じゃ僕が見て良いと思ったらナ」

と思いも寄らぬ返事だった。私はすかさず、

「お金有るんじゃない、仏壇買ってッ！」

間もなく、第一希望の仏壇が届いたのである。

あれから四十年余り経ち、すでに仏壇には夫が位牌となって納まっている。

私達家族が唱和する読経に、満足しているのではないか、そんな気がする。

我が家の神棚物語

昭和六十年関西より夫の故郷東京へ帰って来た。新築だったので神棚を設けて、名古屋へ勤務している夫からお社(やしろ)一式送られて来た。名古屋は神棚や仏具の必需品の産地で有

名な所だからと申して。早速お札を納めた。

毎朝、家族揃っての参拝が習わしとなった。どれくらい経ってからか、かしわ手を打って頭(こうべ)を垂(たれ)ると、グッと響くものがあった。

その時、神様は孤独で誰にも分かってもらえず、淋しいお立場なのではと感じたのである。

すると、急に気の毒になってそれからは、明るい情報をその都度神棚へ供えるようになった。今も続いている。

ところが、平成十年に夫を看送り、何と十七回忌も過ぎての事、フッと神様が孤独なのではなく、あの頃単身赴任だった夫の淋しさだったのでは……と思い始めた。それを人に語ると大方の人が深く頷く。

大いなる愛の前に

三十代の前半であった。子供達が楽しませてもらっている近所のキリスト教会から、聖書の勉強会へ誘って頂いた。

聖書をじかに見た事がなかったので、我が家は仏教徒なのだが一度見せて頂こうと思って、参加した。とても親切に分かり易く質問に答えて下さる。

その後、御言葉(みことば)からどれほど導かれ、救って頂く事になったか知れない。勉強会へ参加する以前の事だ。不徳にも裏をかかれて、私は苦しみ抜いた末に復讐（ふくしゅう）を考え始めていた。そこへ、日曜学校から帰ってきた娘より「今日のみ言葉はね、復讐は神に任せろだって！」と、聞かされたのである。それはもう百万の味方を得た思いだった。

その時の感想は（クリスチャンでなくても救ってくれるんだァ――）であった。それが初めてみ言葉に出合った時だったと言える。やがて、バザーで求めた小振りの聖書を、片時も離せなくなった。聖書を持っていると、神様と一緒に居るようで安心できた。その内この歓びを語り始めて、誰かれ構わずだった。皆、真面目に聞いてくれて、私は聖書を正しく伝えられている、と、自負した。何故かというと親友がいきなり、洗礼を受けたからだ。

友人の親戚にクリスチャンの方がおられたのも影響はあったと思うが、そのいきさつを尋ねると、

「貴方があまりに聖書を語るからよ」

と、言われてこれには仰天した。

夫が単身赴任で名古屋へ、家族は夙川から西宮北口へ移り住んで私が四十代の初めのこと。引っ越しした先も又、町内に教会も長老宅も有り反抗期の中学生と高校生の息子が居たので、しっかり教えを乞うた。

聖書のみ言葉と己れの心が一つになると、それはもう嬉しくてお喋（しゃべ）りになる。聖書に憑（と）り付かれた印象になって、それが、神を汚し、イエス様を傷付けるようになってはいけな

いと思った。み言葉を知るほどに頭でっかちになっていく気がして、これも困った。それでも私は悟ることに没頭した。その結果「悟りも虚し」と、知ったのだ。

考えた末に教わったみ言葉は、全て実践しようと決めた。生活に活かさねば信仰の意味が無いと考えて、神は愛なりと教わると答えが出るまで教会へは行かなかった。意識して愛を実践すると、毎々壁にぶつかる。それに対しては意志強固に、実践と祈りを繰り返した。答えが出ると教会へ走る。又、み言葉を教わる、実践する、祈る、疑問が起きる、質問に走る、これを続けて気付いた。自己開発の修行になっていたのだ。

牧師さんから「クリスチャンの人達が石綿さんのようにあったら良いんだけど――」又、クリスチャンの方から「貴方こそクリスチャン」と、おっしゃって頂いた。

ところが。これは信仰の落とし穴だと思うのだが、自信が付くと、そこが要注意で神様と親戚のような顔をして、己れが神様に成り替わったようになっていった。そんなある日、不思議な映像が浮かんできた。イエス様が十字架を荷負って、刑場へ引っ立てられて行く、その姿を群衆の中に居て私が見ているのだ。み言葉にはどれほど導かれ、救われたか知れない。これまでは勇気の無い者を貶し、義憤の無い者を罵倒してきた己れが、今、恩人の一大事に成す術もなく、只、息を飲んでいたのである。

その時、重たい足を必死で引き寄せながら首をもたげたイエス様と、目が合ってしまった。私はサッ！　と隠れた。同罪になる恐怖と恩人へのやましさからだ。途端に嗚咽が始まった。（何で泣くの）と涙の意味を考えていると、ハッ！　とした。イエス様の目が

「構わず逃げなさい―」と、間髪入れず、私を逃がそうとした事に気付いたのだ。この大いなる愛の前に私は泣き崩れた。只、畏れ入った随喜の涙だったのだ。その時自分が愛に包まれた事を強烈に実感した。

よほど渇いていたようで、暫くは実感した事のみ噛み締めていた。気が付くといつの間にか、現実に還っていた。私は時空を越えて、イエス様が生きていた時代に遡（さかのぼ）り、あの場面を体験して来たのだ。

それ以来他人の事を非難出来なくなった。現実の問題は山ほどあるが、裏切ろうとした自分ですら守られ宥（ゆる）されたのだ。皆、守られているのだと信じて、委ねる事も出来るようになった。

私は追随を許さぬほどに、命がけで真理を求めてきた。ならばこそ、宗派を越えて導かれたのだと思っている。大いなる愛の前に。

鉢合わせの巡拝

平成八年の秋、私は四国巡拝へ導かれ、道中、悲喜こもごもだった八十八ヶ寺を、思いがけず結願させていただいた。

帰京後、菩提寺へ報告に勇んだ。墓所に向かって本堂の前を通り抜けようとした瞬間、日蓮上人に「帰ってきたか！」と、声をかけられたような気がして、畏れ入った。

次の年の九月、今度は日蓮宗の巡拝を希望した。毎年恒例にしている方へ、檀家の方は早速繋いでくださった。

また二年目も同様九月、藤沢市片瀬にある龍口寺を皮切りに、七里ヶ浜から鎌倉へ、さらに逗子市久木の法性寺まで、十二ヶ寺の巡拝に御縁をいただいた。この年は七人ほどの連れで始まった巡拝である。中高年の女性ばかりなので、足並みにさほどのばらつきもなく運んだ。一ヶ寺一ヶ寺、如来寿量品を唱和する皆に、やっと追(つい)てゆく私だった。

初めての龍口寺参詣のおり、本堂前の右寄りに大きな銅像があって、日蓮上人が「来たか――」と口を利かれ、今にも降りて来そうに思えた。七里ヶ浜の霊光寺、続いて長谷の収玄寺から光則寺へ、どちらのお寺に参っても、私はお上人がおいでになるような気がした。霊感が働いてきたのか――。

巡拝の五番目は鎌倉雪の下にある、辻説法跡だった。ここに立った時、巷を行き交う人々に訴えるお上人の悲願を感じた。「汝(なんじ)早く信仰の寸心を改めて、速(すみ)やかに実乗の一善に帰せよ！」と立正安国論が聞こえるようで、胸が熱くなるのだった。

六番目は鎌倉の大町にある本覚寺。七番目に同じ大町の常栄寺で、唱和をすませて一休みした。三人と四人がベンチ二箇所に分かれて座る、それぞれ、お八つを出し合って一息ついているところへ、五十がらみの男性が近づいて来た。お寺に入って来た時から、納経所の前に気楽に座っていたので、私はこの辺りの人かと思っていた。

その彼が、「お寺参りしているんですか」と問うので、別のベンチの連れが「そうよ。

巡拝しているの」と答えた。すると、「ぼくは四国から来たんですが、四国にも巡礼というのがあるんですよ」と言った。私は四国と聞いた途端、弘法大師の化身ではないかと思った。「二心なき信仰であるか」と、日蓮上人が私をためされるのではないかと、この鉢合わせに神妙になった。

連れは皆篤い信仰を持って、日蓮宗に帰依している。その一人が、

「このお寺は別名ぼた餅寺といって、お上人が役人に引っ立てられていく途中、この近くに住むお婆さんが、『せめて、このぼた餅を召し上がっていってください』と、お上人へ差し出した所なのよ」と、ここの由来を説明した。

その間、皆はそれぞれの好みでお八つを摘まんでいた。すると彼は、

「役人に引っ立てられるなんざあ、悪い坊さんなんですねえ」

と、力を込めて言うのである。

私は笑いそうになった、咄嗟に一人が、

「何を言っているのよ。あんたとこの宗派なんかに妨害されて、日蓮上人が法難に逢ったんじゃない！　とんでもないこと言わないでよ！」

と、どなりつけた。この剣幕に、彼は、

「……そんなことぉ知らなかったんですう……」と、怖いおとなに叱られた子供のように畏縮してしまったのである。

怒った連れは、それでも持参のサンドウィッチを接待しようとした。ところが、「サン

ドウィッチはいいです。いりません」と拒んで、「それより千円頂きたい」と言う。一同ムッとした顔になった。

別のベンチの一途な四人はツーッと立って私たちに声を掛け、「行くわよッ！」と、けたたましく、先にお寺を出てしまった。

「見てのとおり……」と風采の上がらない彼は、「貧すれば鈍する……」と身の不運を訴えて、「千円頂ければ有り難いです。助かります」と、乞うのである。

仏教はそれぞれの立場から、仏の慈悲を説いているのだと信じているので、私は自分に二心あるとは思っていない。だが、己の煩悩で仏を汚してはならぬと、気持ちを引き締めた。ここまで慈悲を訪ねて歩いてきた御縁を思いつつ布施をしたいが、日蓮上人を命としている二人を前にしては、思案に暮れるのであった。

するとー人が「このままでは行けないワ」と言って立った。見ると二人とも千円札を握っていたのである。私は感無量の思いだった。

彼は過分なる布施を手にして、随喜の顔になった。私たちもほっとして先達の後を追った。一人が、

「日蓮上人が引っ立てられて行く時ぼた餅を差し出されて、その慈悲をどんな気持ちで受けられただろうかって、それを思うと……」

と訴えるように言った。

仏教は慈悲を教えているのだと、確認した思いの私は、熱いものが込み上げてくるの

だった。

次のお寺では先達の方から、ジュースを御馳走になって、あとはとどこおりもなく運び、鉢合わせの巡拝は、思い出深いものになったのである。合掌

室戸で出会ったヤジさんキタさん

四国は室戸岬にある、ホテル明星（みょうじょう）の食堂でのこと。斜向（はす）かいに朝食をとっていた、お二人の男性が居た。三好さんと藤原さん。

「これから、何番札所へ？」と、声を掛けられた。

「二十四番です」

「僕らも同じよ、一人？」

「はい」

「歩きなら、僕ら車やから一緒に乗っていけば」と、誘われた。

私は以前途中で出会った御夫妻に、車で運んで頂いたので、この度は歩きでと、そのつもりだった。その旨伝えると、

「結構、歩くよ、一緒に乗ったら良いのに」

「……」

それでも思案していると、あの手この手で誘われるので根負けして、「乗せて頂きま

す」と、お願いする事にした。「そうこなくっちゃあ！」と、三好さんがポーンとテーブルを叩いた。
早速、車のお接待を頂く事になった。二十四番最御崎寺（ほつみさきじ）に向かう坂道で私の持っている鈴がチリンチリンと鳴ると、「オッ！　鈴が鳴る、お大師さんだヮ、僕等お供やけのォ」等と、私をお大師さんに仕立てる。

ヤジさん「奥さん、みかん食べる？」
キタさん「さっき頂きました」
ヤジさん「何！　先にやったの、もう僕が先にやった」
キタさん「後ろの席に有ったの、かァ、アッ！　あれ僕のみかんやぞッ、奥さん、あれ僕のみかんやからねッ」
キタさん「僕のじゃないけどって言って渡したよ、ねえ」
ヤジさん「はい」
ヤジさん「何ちゅうやっちゃあ」
私は笑いながら、二人にお礼を言って御馳走になった。
次の札所へ車を進めて快晴の見晴し台に登って見ると、景色は太陽の光が一面のさざ波にきらめき、見渡す限りの太平洋が一望となった。

私はこの絶景に驚嘆するのみ「ワァーッ」途端に三好さんが「征服！　征服した気分よのォ！　奥さん、これを征服と言うんよ」私も「そう、これは征服感ですねェ！」と共鳴した。この快挙、この歓喜、息を飲んでいる様子の藤原さんと、三人で眼下の絶景を満喫したことだった。

このお二人との同行二人（どうぎょうににん）は、とても愉快だった。つい私が声をたてて笑うので「そんなに、可笑しい？」と、聞かれ、お二人も楽しそうだった。私の唱（とな）えるお経を、仏様が待っておいでになる、と、思うとこちらも気持ちが弾み、三人で笑うと他にも誰か笑っている、そんな気がした。お大師様も一緒に笑っている感じだった。

この度は、亡夫の一周忌をすませその報告と、続いて亡くなった従弟の供養も、と、思い立った巡拝だった。二人も喜んでくれている気がした。二十六番札所、二十七番札所へと進み車が海べりを走って、心地良いドライブ気分を味わっていると、「どこか、眺めの良い所で一休みしよう」と、いう事になり、車の止め易い所を探した。堤防に近づくと岸辺に、たくさんなテトラポットが積み上げられてある。引き寄せられるように見ていると、そこに夫が居る気がした。

四十年前、夫がテトラポットの仕事の為、九州へ出張し、そこで私との見合いに及んだのだ。だから私達の縁は、このテトラポットが取り持ったと思っている。御二人に「ここで主人が待っていたような気がするワ」と、夫との出会いを語り始めると、涙が込み上げてきた。

語るつもりはないのに、何故か泣き泣き語り続けるのである。強い試練の夫婦だったの

で心の中では、（貴方の為に流す涙は一滴も無いんだからね）と、言っているのに、私は泣きじゃくるのだった。

互いに己の信じるところは、譲れない夫婦だった。今わの際に夫は初めて私に謝まった。（やっぱり自分が悪いのは、分かっていたのだ）と、思いつつも、せめてこれくらいはと、「夫婦は、お互いさまよ」で終わっていた。そんな私を（そっちも、謝って）と、夫が浜で待っていたような気がした。

生きている内に気が付けば良かった。それでも私は三十八年、心血を注いだ自分達の縁を謝まって終わりたくはなかった。その為、こちらは「貴方が私を貫ってくれたから――」と、お礼を言った。だのに夫は私に感謝の一言もないまま逝ってしまった。

帰宅後、業を煮やしたことの昔を、娘と語っていると側で聞いていた母が、居たたまれなくなったように立って行った。

ところが、「ああ、それこそが本当の夫婦なんやねェ」と、言って戻って来たのだ。娘夫婦の見辛いところも見て来た母の一言で、やっと、私も亡き夫へ自分の行き届かなかった処を（ごめんなさいね）と、仏壇の前に行って謝まることが出来たのである。

それでも、お花やお経を供えながらも「ズルインだからァ」と、文句が出たり、（やっぱり、お互い様か）と、思ったりして灯明を上げている。

夫は大東亜戦争で出撃はしなかったが、今は防波堤となって日本列島を護っているのだ

と思った。そして、ヤジさん、キタさんは今泣いたカラスを駅まで送り届けて下さった。このお二人は亡き夫と亡き従弟だったのでは……そんな気がしたのである。

へんろ紀行―へんろ道伝言の有り難さ―

平成十一年十一月六日、新宿パルコ前発二十時のバスに乗る。娘夫婦に見送られて高知へ向かった。

七日朝七時、高知駅待合所にて巡拝の身繕いをすませた頃、一人の女性が近づいて来た。お杖らしいものと菅笠らしい丸い包みを私の前に置いてお互い（同じみたい、行く先はどちらかなァ）と顔を見合せた。四十歳代の富岡さん、私より一回りお若い方だった。

「お一人ですか」

「どちらへ向かいます」

「予定は」

と、問いかけ合った。私は二十四番と十九番札所を予定していた。後は御大師様に誘われるまま進もうと思っていた。富岡さんのお誘いを大師様のお誘いと受け取って、三十八番札所の足摺岬へ向かってお供をする事になった。

途中、安宿へ一泊。預かって来た白い布のへんろマークを二人で楽しみながら結び付けて歩いた。

「私もこれから手製のへんろマーク作って来るワ」

と、富岡さん。いつもながらマークを見つけると本当に有り難く嬉しい。

「こんにちは！」と、挨拶したくなる。

八日、窪津（くぼつ）漁協の辺りで、私達より先に安宿（あんじゅく）を早朝出発された方で、関西から来られた健脚の女性は、もはや帰りの道となって下りて来る。私達を見つけて一緒に一休みされた。

車道もへんろ道も、行きと帰りで歩き分けたらしい。近道でもへんろ道は坂が急で、登り下りに気を使い、力を消耗すること、と、車道は距離が長くても、たんたんと歩けるので、測ってみると、時間は同じだったことを教えて下さる。

漁協のすぐ先が分かれ道となった。富岡さんはへんろ道へ、私は車道へとそれぞれの道を選んだ。掛かる時間は同じと伺って助かる。暫く歩いて行くと、左手からお婆さんが私に呼びかけた。

「お連れさんが一足先に行くからと、さっき通って行きよんなさったよ、伝えてくれるように言うて」

「そうですか、有り難うございます」

と、言葉を交わす。又、暫く行くと右手から乳母車を押しながら、やはり、私を待っていたようにお婆さんがにこにこ笑って、

「お連れの方が一足先に行くからと、伝えてくれるように言うて、行きよんなさったよ。

もう今頃は学校のあたりを歩きよろう」

と、又、教えて下さった。

二人のお婆さんに言付けて頂いて、とても嬉しく、里心付きそうに温められる。この一言で先を行く富岡さんの消息を、安心と共に知る事が出来た。お四国での一言は、いつも有り難く身に沁みる。一人で心細く歩いていると、人の情を強く感じられる、「頑張って」の一言が、どれほど励まされるかしれない。

出会った二人のお婆さんに度々伝言して下さった事で、先を歩いているもう見えない富岡さんが、見えるようだった。誘って頂いたお蔭で、中村から足摺岬まで私は六十も過ぎた身体で三十六キロほども歩かせて頂いた。後半七・五キロは限界でバスに乗る。

大岐の浜で思いっきりお杖を振りまわして、南無大師遍照金剛、と砂に御宝号を書かせて頂く、感無量だった。

千六百二十メートルの伊豆田トンネルに入った。なかなか出口の見えない頻繁に車が行き交う歩道は、手拭いで顔を覆って歩く。フッとこれで良いような気がした。黙々と歩くように、唯黙々と生きて行けば――

こうして、トンネルも有り難い道場となったのである。四度目の巡拝をさせて頂き確信出来た事は、一途に仏を信じて歩けば自然に素直になれる、と言うことだった。

八十八ヶ所を巡拝していると、初めは空海と言っていた人が「弘法大師」と言うようになる。歩きながら有り難い、有り難いと思っていると「四国」におが付いて「お四国」と、言うようになる。又、信仰はもたないと言う人が「お大師様に会ったヮ」と言い、会ったという人は皆白いお大師様だったと言っている。

金剛福寺にて亡夫の回向を、最御崎寺では従弟の回向をと考えて、分けてしたのである。

この度八十六歳の母を連れて、室戸岬からの朝日と夕日を一緒に拝みたいと願い、又、私に続いて夫を亡くした従姉も誘ってみたが、二人の時ではなく、一人で旅立つことになった。私は念願の素晴らしい朝日と夕日を拝ませて頂いた。

「虚空蔵菩薩の御真言を唱えながら、夕陽と入れ違いにきらめく一番星を拝む」

と、ホテル明星の御主人に教わる。落日に向かって宵の明星を待ちつつ、

「ノウボウ　アキャシャキャラバヤ　オンアリキャ　マリボリソワカ」

と、合掌。

へんろ紀行―歓びの地歩を占める―

四度目のお四国六日目、最後の日は平成十一年十一月十一日の年月日が揃いの日となった。

民宿つしまやさんで、相部屋になった富美野さん（八十歳）と共に夕食の部屋へ集まった。二組の御夫婦と六人一緒だった。食事の最中に、結願されてお礼参りをすませた男性が辿り着いた。松永さんである。

足が辛そうに見えても、疲れは満足感となっているのが分かる。それは、玄関に入って姿も見えない内から、こちらへ伝わってくる。

　彼を待っていた女将さんが、嬉しそうに私達に知らせた。いかにも福の神がやって来たと言う悦びようで。それには、こちらも肖れた。松永さんが現れると一杯の光が差し込んだように。

　次の日、朝食の折これから二人で回れる喜びが隠しきれないようすの御主人がいた。それでも、言葉に出るのは道中の不安が多く、又、たんたんとしていても、二人で回る事を「とても嬉しい」とおっしゃる夫人の姿が対照的な御夫婦がいた。昨日結願（八十八ヶ寺巡拝を終えた）の松永さんが、

「心配いりませんよ、一所懸命歩いていると、いろんな人が支えてくれますよ」

と、安心させて上げた。それがとても温かい説得力だった。又、別な方が、

「その時の臨機応変は、後で謝る事を忘れなければ、規則通り出来なくても事情はもうね、ちゃんとお大師様は分かっておられるのだから」

と、教えて上げた。いつも、大目に見て頂いている私もホッとする。さらに、お大師様に対して純粋なお方だと感動したのである。

　私は初回の折、十九番札所立江寺にて誓願した。

〝願わくばこの功徳をもって、普く一斉に及ぼし、我等と衆生と皆共に仏道を成ぜん〟

と。己れがその通り生きているだろうかと、お尋ねする為に今回十九番札所への参詣を予

定していた。その折二十七番札所では〝喜んで遍路でなくて何の遍路〟と発心した。この発心は室戸で出会ったヤジさんキタさんのような方々に続いて、爽やかな松永さんにより揺(ゆる)ぎないものとなった。

私は一ヶ寺、一ヶ寺丁寧にお経を唱えて歩く事で充実出来た。一歩は懺悔、一歩は感謝、一歩一歩踏み締め、只ひたすら仏に向かって進む、お経を届ける為に。すると、この方法こそ方便が許されるのだと気付かせて頂いた。

祖母がどれほど御仏(みほとけ)にお経を唱えていた事か、その姿を思い出す。私に与えた影響は大きい。

さて、十二日、これから帰路に着く私と、別れ難いと言って、二番札所へ「一緒に歩こう」と、相部屋になった富美野(ふみの)さんに誘われた。それでも、友人が在家得度されたそのお祝いの会を、十四日に決めて出かけた私なので、富美野さんに応えて上げられなかった。

二人で霊山寺(りょうぜんじ)へ参詣(さんけい)して、お不動さんへ富美野さんの道中の無事を、声を出して祈った。富美野さんも「どうぞお頼みします」と一緒に声を出してお願いした。可愛い童女のようだった。

別れ際、私の目に映る富美野さんからは、不安が消えていた。本当に取り除いて頂いたのだと有り難く思った。お互い手を振りながら、富美野さんも安心したようすで、次の札所へ向かった。

このように仏に祈願すると聞き届けて下さる。この有り難さを普(あまね)く及ぼしたいと気持ちが逸(はや)る。その一方これほどの安心と清々しさは、誰にも教えず一人だけの徳にしておこうと思う事も強い。

だが、己れのみの法悦(ほうえつ)にしたいと思えば思うほど、筆が勝手に歓びの地歩(じほ)を占(し)めてゆくのである。南無大師遍照金剛。

喜んで生きなくて、何のこの世。現実に活(い)かされなくて何の信仰。と五十代で目醒めた。嬉しい事に、友人、知人、隣人、子供、孫達も後に続いて来たのである。合掌

母の祈り

（石綿あつこ）


讃岐の国、第七十二番曼荼羅寺に参詣するのは、三年ぶりであった。四国遍路を一人で巡拝し、結願した時以来である。

その折も、新緑の美しい季節であった。りっぱな本堂で般若心経をあげたあと、古く懐かしい感じのする大師堂でも、読経した。そして顔を上げた時、奉納してある前垂れが目に入った。そこには、こう書いてあった。

「お大師様、どうぞ我が児が、迷うことなく心細い思いをすることなく、無事に彼岸へ辿り着くことが出来ますよう、一緒に歩いてやってください」

吸い寄せられるように読み返した。涙が止まらなかった。明るく静かな境内で、思い切

り泣いた。

その後、娘を授かった私は、今回親子三人で、再び四国へお礼参りに訪れた。大師堂で廻向文まで唱和したあと、また掛かっている前垂れに目をやった。風雨に晒され、色の褪せたものがいくつか結んであったが、あのとき見た前垂れは、もうなかった。

「たまちゃん、こっちおいで！」さっきまでおとなしく私たちの横にいた娘が、今は石垣によじ登ろうとしたり、玉砂利を放ってみたりと、目が離せなくなっていた。「たぁたん、パァパイ」と、私のおっぱいを欲しがる娘に、先程のお寺で頂いたジュースを飲ませて、私たちも一服した。今日はこれで打ち止めである。

何となく心残りで、機嫌のよい娘を夫に任せ、私は納経所に行き、あの前垂れのことを尋ねた。しかし三年も前のこと、知る人はいなかった。空しく出て来た私は、ベンチに腰を下ろした。しばらくすると、「コンニチハ」と声がして、私たちの前に、いつの間にか遍路姿のお嬢さんが立っていた。

聡明な瞳に、錦の輪袈裟の朱色が美しく映えている。「こんにちは」と応え、二言三言交わすうちに体に障害のあることがわかった。けれど、そのようなことを感じさせないほど、明るく澄んだ眼差しである。気づくと傍らに、彼女とよく似た瞳の男性が寄り添っていた。納経を済ませた、父親の栗田さんだった。

彼女は、「もう、十八回巡ったョ。お札（ふだ）あげる」と赤い納札を一枚差し出した。お父さんが納経帳を開けて見せると、ほとんど朱色に染まっていて、巡拝の回数が窺われる。

「まあ、まっ赤ね」と言うと嬉しそうに笑って、「ハイ、お接待」と藍染の手布と小袋を渡してくれた。

小さい時の高熱が原因で、体に障害が残ったこと、今は親子三人でお遍路を巡り、それが雑誌の特集に載ったり、娘さんのホームページを開くきっかけとなったことなど、栗田さんは静かに語ってくださった。

間もなく、宿坊に帰るタクシーが来たので、お別れしたが、あとで頂いた小袋を開けてみると、色鮮やかな花ビーズを連ねた可愛いお数珠が入っていた。

翌朝、夫は東京に戻り、私と娘は遍路を続けた。私たちの行く先々で人が振り返り、微笑み、出会ったことを喜んでくださった。幼い娘が手を合わせ、母と一緒に歩く姿を見て、何より仏様が喜ばれたのだろう、という気がする。

そのあとも、四国の人々の温かいお接待を頂いて、八十六番志度寺まで打ち進めることができた。不思議なことに、巡拝中親しく関わった方たちはみな、障害児を持つ御家族であった。このことは、深く心に響いた、あの前垂れの祈りが導いてくれた御縁であろうか。幼い娘の存在が、確かに仏の功徳を顕わして私たち夫婦の菩提心を引き起こしてくれたようだ。

私も親として、娘が重い病気や事故にあったら、と思っただけで胸が抉られるように辛い。四十歳近くで、やっと授かった子供である。この子から与えられる喜びは大きい。親にとって子は命であると、つくづく思う。それが逆縁ならば、いっそう思慕は募り、悲しみは深いだろう。しかし、子にとって親は運命(さだめ)なのだから、己れに力がつくまでは、親の運と徳に、すべてを委ねるほかはない。

私の母も、子供を一人亡くしている。その悲しみを乗り越えるためには、子供の死の意味を考えないではおれなかった、と言う。「この児のおかげで、他の子供たちの生命の有り難さに、気付くことが出来た」と。

それからは、母の容態も目に見えて回復したそうだ。あの前垂れを大師堂に結んだ母親も、祈り続けたことだろう。今は、安らかな気持ちになれたであろうか。

親に先立つ子、不自由な体をもって生きる子、様々な運命がある。だが、親が子の行く末を案じて祈るように、子もまた、親の幸せを切に願っているのだ。互いに思い合う気持ちが、親子の絆を荘厳なるものへと、結晶させるのだ。

曼荼羅寺で出会った娘遍路の姿は、ご両親の祈りが聞き届けられているのだろう。すでに生命豊かな尊い存在であった。

日切り地蔵さんへ願かけて

三十代半ばの事、必死で立場を勤めても、なかなか成果が上がらなかった。考えに考えた末、思春期の息子達の難しさを担任の先生に相談して、

「母親の私が謙虚ではないのでしょうか」

と零した事がある。

考えあぐねた揚げ句夙川の堤の側に祀られている日切地蔵さんへ相談に伺った。参拝後高さ三十センチ、直径十五センチくらいに一カ所、割箸が出るほどの穴の開いた六角形の木箱がある。これを、シャカシャカと振って竹櫛を抜き、これに記された番号と、壁に貼り付けてあるおみくじの番号を合わせる。その下に書いてある文字を読む「願かけて良し」と出た。

初めての体験なので、近くにいたお婆さんに、「願かけた事ありますか」と尋ねた。頷かれたので方法を教わった。

「まず、十日に区切っても、一ヶ月に区切っても、三日に区切ってもええ。その間、日参しますからこのようにして下さい。お頼みしますとお願いして、満願成ったら一尺ほどの木綿を赤か青か白の内一色と、線香一束持ってお礼参りに来んねん。満願まで人に言うたらあかんよ」

と、具体的に聞かせて頂いた。このお婆さんは、

「人に言うたら、あかん」

と言いつつも、私を見て、

「何と願かけはんのん」と問うので、

「子供が一日も早く自覚出来ますようにって」

と、本願ではないが常々願っている事を話した。途端に「そんな大願に日を切ったらあかんヮ。そんなもん親やったら誰かてその願はもってる。それやったら、お地蔵さんが『もう、ええ』言わはるまで続けなはれ」

と、お蔭でそこまで教えられた。私は尋ねて良かったと思いながら、お礼を言って地蔵尊の前に行き、

「謙虚な人間にして下さい」

と祈願した。するとお地蔵様にお願いしたからもう大丈夫の心境となった。一日が過ぎ二日が過ぎ三日四日と毎日願掛けに勇んだ。

ところが、思いも寄らぬ事が起きてきた。だんだんだんだん私は高飛車な人間になり、人を見下し貶む(さげすむ)ようになっていったのだ。その感情は払っても払っても取り払えず、自分が一番嫌な人間になっていく。それは日に日に強くなって、もう身の置き所も無くなった。

謙虚どころか己れの本性を突きつけられたのだ。(これが私の謙虚な姿？　そんな莫迦なッ！　もォー嫌だッー。これが私の謙虚な姿なら私は謙虚にはならないヮ。他から謙虚じゃないと言われて石を投げられたり、唾を吐かれても、只、すみませんと這いつくばっている自分の方がまだまし)と肝に銘じたほどだった。そうと決まれば矢も盾もたまらず願かけを取り消すべく、お地蔵様へと走った。

何とその日、お地蔵様が私を迎えに出ていたのだ。それは今までより明るく、大きく見えて、こんな前に鎮座ましましていたかしら、と思ったほどだった。早速事の次第を申し

述べ、

「そんな理由で謙虚になることは諦めました。願は引き下げます。オンカカカミサンマエイソワカ」

と真言を称えた。外に出て見ると、その日も又あの時の方ではなかったが、同じ年恰好のお婆さんがおいでだったので「実は……」と一部始終を聞いて頂いた。すると、

「良かったやないの。お地蔵さんが悦びはったんよ。待ってはったんやヮ」

と言って頂きホッとした。願かけて一週間目の事であった。

後にこれを聞いた長男は、

「――なるほどォ。謙虚になれないって、謙虚になれたんだネ」

と、私を慰め励ますように言って笑った。

私は担任の先生に謙虚にはなれない旨、電話で報告した。すると、

「そうですョ。お母さん、本音で生きなきゃ。本音でェー」と笑われたが、

「それがですね『謙虚になれないって、謙虚になれたんだね』と息子に言われたんですョ」と話すと、

「ウーン。なるほど彼なかなか言うねェ」

と驚かれた。先生のこの反応で私は本当に気が晴れた。そして、あの一週間は何だったんだと考えた。仏に絶対位の信念はゆるぎ無い。その為「願かけて良し」と応えて頂いた有り難さが、自信過剰になってしまった、そんな気がした。これは已れの到る処に当て嵌

まるのではないかと思った。

謙虚な人間になりたい、でもなれない。その後これが基本となり、生活の中に応用問題が続々と現れる。

あれから四十年たって未だに応用問題は、後を絶たないが、憧れの方便が使えるようになった。歳を取ったお蔭も大きい。仏の御威光を笠に着ていた己れには赤面の至りだが、気付かせて頂いた地蔵尊のお慈悲には今も熱いものが込み上げて来る。後に続くを信ずるようにもなってきた。合掌

宗派を越えて

いつも相談に乗って頂いているクリスチャンの古川さんが、珍しく我が家を訪れた。仏間兼茶の間に案内すると、真直ぐに仏壇の前に行って座り、「お宅は何宗?」と聞かれた。「日蓮宗です」と応えると「じゃ南無妙法蓮華経ね」と御燈明と線香を供えて、しっかりお題目を唱えた。

この姿を拝見して、私は信仰の何たるかを思った。相手の敬っているものに敬意を表する、古川さんの信仰は揺ぎない、信仰とは礼儀正しさなのだ。だから宗派を越えて手を合わせる事が出来るのだ、と思った。

私を導く時も、聖書の御言葉からだけではない、仏教用語や儒教からも、言葉を探して、

その時の私に当て嵌めて下さる。この方は洗礼を受けさせようとしているのではない、一途に私を救おうとしているのだと分かる。

私の実家は浄土真宗だが、五十代後半に縁有って、四国八十八ヶ所や真言宗の高野山へもお参り出来た。

「お蔭様で、無事結願出来ました」と菩提寺に報告に行くと、日蓮聖人が、

「帰って来たか」

と温かく迎えて下さった。そんな気がした。婚家の先祖が敬った日蓮宗を引き継いで奉り、お題目を唱える。その私は祖母が朝夕のお勤めを家族揃ってするように習慣付けたので、「南無阿弥陀仏」が身に付いている。

祖母の読経の節まわしは、何とも言えない。子供心にそれが好きで、遊んでいてもつい、お経を口ずさむほどだった。しっかり南無阿弥陀仏で育ったにもかかわらず、無頓着な母が勧めた縁談は、嫁いでみると日蓮宗だった。何宗でも命がけで一派を成したものは、皆尊いと考える私だから、現に立っている家の宗派を敬い、嫁の務めとしてきた。

浄土真宗で育った者が、真面目に南無妙法蓮華経を唱和するので、必要と有らば「行って来い」とお四国参りを日蓮聖人も勧めて下さると思っている。お四国では〝南無大師遍照金剛〟をしっかり唱えて歩いた。クリスチャンの方に誘われれば教会へ行って祈る。神社にも毎月一日にはお参りして、かしわ手を打つ。手を合わせる事が出来る自分が有り難い。

只真剣に今日の命と御縁に感謝する、ということは、どの場所でも一貫している。合掌

白い街道

（石綿あつこ）


十一月の松山は、思ったより寒くなかった。

夫の生まれ育った家が、開発のため取り壊されることとなり、縁者たちが集まり最後の供養をした。

和やかな別れの会が出来て、その帰路、四国松山へ渡った。お礼参りである。

私は結婚する前に、初めて四国を巡拝した。白装束を着て金剛杖をつき、歩いての遍路だった。母がその数ヶ月前、初めて四国八十八ヶ所を巡り、一ヶ月余をかけて結願（けちがん）していた。その道中の感動や出会いの不思議さを日夜聞くうち、私も突然、四国遍路に行きたくなった。

それからが、私と四国のご縁の始まりである。結婚の報告をするために夫と歩き、父の初盆の前に再び歩いて結願した。無事に娘を出産できた時も、家族でお礼に参詣した。こうして人生の折節に、必ず報告とお礼に行くようになったのである。

翌日、歩き始めたばかりの娘に、母が作った笈摺（おいずる）を着せ、私も白装束に輪袈裟をかけて、タクシーを待っていた。今回は、車へんろである。

時間どおりに来たタクシーに乗り、運転手の勧めにより、四十四番大宝寺を皮切りに松山周辺のお寺を巡り、最後は五十一番石手寺で打ち止めとした。

運転手の吉田さんは、大きな体に優しい目をした穏やかな方だった。

丁寧な運転をしながら、寺々の縁起や松山に伝わる大師伝説などを話してくれる。

「こんな小さなお子さんを連れて、巡拝されるなんてエライですね」

「初めてではないのです。結婚前に三十番まで巡り、一昨年結願しました。今回はお礼参りなのです」

「おお、歩いて巡られたんですか!?」

巡拝で印象に残った出来事や感動した出会いを語りながら、車は大宝寺へと向かった。

しばらくして吉田さんが、「四国には、二つの道があるのですよ」と言った。

「讃岐の金刀比羅宮へ向かうこんぴら街道と、遍路さんの行く遍路街道。こんぴらさんへ向かう道は、全部表通りにあって、みんなお金を持っているから、お参りに行く道中、その土地その土地にお金を落としていってくれる。けれど遍路道はすべて裏道ですよ。……今でこそ『おへんろさん』といって、お金と暇のある人たちが巡拝していますが、私が子供のころは『へんど』といって、乞食と同じでしたね。昔は、年老いた者や不具者、生産の役に立たぬ者は、わずかの路銀を持たせて遍路に出したそうですよ。どこで野垂れ死にしてもかまいなしで、金剛杖がそのまま卒塔婆になるのです。気を悪くしないでくださいね。あなたのように、歩いて回られた方だから話せることです。それに、今の人たちがどれほど恵まれているか、分かって欲しいとも思うんですよ」

初めて聞いた話ではなかった。私も四国を歩いた身、里道・山道・海の道、所々に地蔵尊や無縁墓が、ひっそりと建っているのを、見てきた。行き倒れた遍路の人々のものである。何かとても悲しかった。

時雨模様の天気だったが、巡拝は無事に終えた。吉田さんの厚意に感謝しながら、宿へ帰った。

娘を寝かせたあと、夜半は激しい風雨となった。眠れぬまま、車の中で聞いた話を思い返していた。

私にとっての四国は、いつも喜びと希望である。歩いている時は、どんな思いがけないことが起きても、仏の御差配と信じ、プラス発想へ切り換えることができるのだ。現実生活では、これほど鮮やかに自分を切り換えることは難しいのに、四国ではすべてが自然に喜びへ変わってゆく。

弘法大師の教えは、民族も国も時代も超えた、生命に対する絶対の明るさである。

いつの間にか雨も止み、翌朝は、洗われたような陽光が雲間から差していた。今回も、四国の方たちの温情に支えられ、確かな喜びと手応えを頂いて、遍路は終わった。

帰宅後、母と夫に二つの街道の話をすると、静かに聞いていた母が、「それこそ、本望だったのよ」と言った。続いて、「私は、歩くことに疑問がわいて、一歩も進めないことがあったわ。考えてゆくうち、そうだ、仏にお経を届けに行くのだ。仏様は私がお経を届けに行くことを、待ち望んでいると分かった途端、歩き出せたのよ。途中で亡くなった人々も、救われようとして仏に向かって歩けたことこそ、喜びであり誇りだったのよ。たとえ、その道中に倒れても悔いはないわ」と語った。

私は思わず、ため息が出た。とても大きくあたたかいものが流れ込み、気がつくと日輪の中に包まれているような安らぎを覚えた。悲しく惨めに見えたへんろの人々の顔が、晴々と私に笑いかけるのだった。

二週間後、巡拝中の写真を送ったお礼にと、吉田さんから『父母（ぶも）恩重経』が届けられた。

英霊に捧ぐ

この絆こそ宝

六十歳を過ぎた大東亜戦争遺児の私は、平成十一年三月二十四日、ルソンへ出発する「PIC」（比島戦跡巡拝団）へ加えてもらった。

添乗員・倉津幸代さんの引率は、速やかで気さくであった。まだ、あどけなさの残る中にも、テキパキと捌く姿はとても頼もしい。

戦跡を六泊七日巡拝して、そのつど、「皆さん、しっかり英霊の御供養をしてあげてください」と真摯な言動が有り難くうれしかった。

倉津さんは、遺族ではないと聞いた。それなのに遺族の心境をよく心得ている姿に感心して、この仕事を選んだいきさつを伺ってみたい、と思った。

倉津さんの夢は別にあった、という。だがルソン島の錦津見の声に、彼女の魂は耳を傾けたのだ。創立者であるPIC事務局長の急逝は、五十万英霊の呼ぶ声と共に倉津さんに比島戦跡巡拝の案内役を選ばせたのである。さらに恋人とも別れることになり、「私がやらずに、誰がやる」との状況になっていったようだ。

倉津さんの決断は使命感となり、夢を諦め、恋人とも別れ、厳しい心の葛藤の末、運命に従うことになったのである。苦労はあっても巡拝を喜ぶ人々の感謝に支えられて、生き甲斐を感じ始めた。

どうしてここまで続けてこられたのか。倉津さんの寂しさ辛さは、英霊と共通のものとなり、遺族の思いをルソンに繋ぎ、辛さを堪えて哀しみを知った人にしかできないパイプ役に相応しい人間となっていかれたのであろう。このように、倉津さんはいろんな問題を乗り越えてこられた。そのおかげで私は戦跡巡拝がかない、思い残すことはないほどに感謝している。

倉津さんは、巡拝の途中、時折、空の果てをジッと見つめ、足元を無言で見つめることがあった。聞けばご両親の病状が芳しくないとのことである。私たち遺族をルソンに運び、倉津さん自身は遥かな郷里に病む、ご両親を案じていたのだった。五十数年前の日本軍将兵は、母国を思い、ここで死闘を繰り返し、物量や兵力を失い、無念を飲んで戦場の露と消えていった。

その英霊が私たちに、「支え合って、平和に暮らしてくれ」と、訴えているに違いない。母親が大和魂を子供たちに引き継ぎ、しっかり育てようとすべての魂を傾けても、時の勢いには太刀打ちできないものがある。このような深い思いは、案じ合っているであろう倉津親子さんとも、英霊の思いとも共通しているのではないだろうか。巡拝希望者がたとえ一人であっても、遺族の望む所まで寄り添って行く倉津さんに、私は感動するのである。

このように五十万英霊の思いは、ＰＩＣ創立者の今は亡き梶原氏から、倉津さんに託されている。遺児である私たちのその子供の年代に、受け継がれているのである。この倉津さんを疲れさせてはならない、という責任を感じる。

五十四年前の古戦場を訪ねて分かった、温古知新である。貴さとは、か細く幽かなものである。強固な意志をもって掴まねばならない。

慰霊碑を建てることも慰霊祭を行うことも大切。だが、多くの戦友を失って生還した方たちは、最も大切なのは平和を護るための人柱となった、英霊を忘れてはならないことである、と訴える。

倉津さんを支えて、巡拝団を維持し続けている幾人もの方の真剣さもここにある。また遺骨収集を三十年続けて来た一人の生還者の方は、転進した奥深いジャングルで、「こんな所でどうして死ねるものか。だれがこんな所まで自分を捜しに来てくれるというのか」と自分に言い聞かせ、その執念で生還した、と語っておられた。

死んでいった者は、皆そう思ったに違いない。それを考えると、どこまででも捜しに行かないではおられない、と言われる。八十歳を越え、弾を六発も打ち込まれている体で、遺骨収集のため比島へ渡ること六十回を超えた、と聞く。

父と同じ戦場で戦った方々の体験談には、体をのり出すようにして、聞かせていただいた。私は、そこに父を感じ取ろうとするのである。

母へ届いた父からの便りには、「今こそ子供は御國の宝であると切実に感じている。逞しく育て、呉れ」と、書いてあった。時代を問わず子供は家の宝、国の宝である。託されたところを生きるのが人生なのだ。父に負けないように、命がけで子供を産み、育てた。

私も確信を持って、平和に感謝し、次の世代へ引き継ぎたい。この絆こそ宝である。合掌

民安かれ　国靖かれ

（石綿美代子・石綿あつこ）


「死んだ人は何も言わないなら、生き残ったわれわれは、何をすれば良いのだろう」と『きけわだつみの声』の冒頭から問いかけてくるこの言葉を、噛み締めて来た私は、二人の中尉さんの遺書を凝視していた。

十年ほど前、「百人斬り訴訟」と、銘打った会が立ち上がった。知人に誘われて二度参加した。

昭和二十三年一月二十八日、野田毅、向井敏明両中尉お二人が、南京で法務死された。昭和十二年、東京日々新聞（後の毎日新聞）に、掲載された「南京戦百人斬り」の、記事が原因だった。

上海派遣軍第十六師団の当時は両中尉が、南京に向かう途中で、どちらが先に百人斬るか、競争を始めたという内容であった。国民の戦意昂揚（こうよう）を目的として、尾ひれをつけた虚

報だった。これを根拠に南京雨花台で処刑されたのである。

この会に参加して、私はすぐに資料の中に有った、両中尉の遺書を手にした。

〈天地神明に誓い、捕虜（ほりょ）住民を殺害せる事なし。この罪は絶対に受けません。死は天なりと歓じ命なりと諦め、日本男子としての最後を立派にお見せします。
雨花台に散りましても、貴国を怨むものではありません。我々の死が両国の提携となり、ひいては世界平和に至ることを喜ぶものであります。中国万歳、日本万歳、天皇陛下万歳、身は中国の土となりましても、魂は大八州島に還り、護国の鬼となります。〉

このように、お二人の心情が記されていた。拝読してこれが我が父なら、我が兄弟ならばと、身につまされるのだった。御遺族も又世間の目に、針の筵（むしろ）で苛酷な歳月を生き抜いて来られたのだが、汚名を晴らすべく立ち上がったのだ。私は両中尉の真実を掴もうとして、この遺書を繰り返し読み込んでいる内に気が付いた。

誰の手を借りずとも、みずからの手で立派に汚名を晴らしているではないか、と。

お二人が運命を呑んで行かねばならない、悲愴と慟哭の奥に、尊厳なる志が読み取れる。

「貴国を怨むものではありません……」

との潔さこそ、無念の極みと感じられる。さりとて、無念を晴らして欲しいとは、一言も書いてはいない。

〈我々が、東洋平和の人柱となり、世界平和が到来する因となり、その捨て石となれば幸いです。我々の死を犬死、徒死たらしめないよう、これだけを祈願いたします〉と、生きている私達に託していかれたのだ。

では、どうすれば応えられるのだろうか。戦犯として散華された方々の中には、絶望に打ちひしがれて、悶死（もんし）を余儀なくされた例が沢山ある。志士である両中尉の死は、この方々の無念をも加えて、決して歴史の片隅に埋もれさせてはならないと言う事だ。

尊い犠牲は、日本近代史の大切な、歴史の一頁として刻み、その志を子孫への遺産として、引き継いで行きたい。

このようなお二人の信念とその最後は、世界に対しても、ご家族に対しても今を生きる私達や、未来を築く子供達に対しても誠実であり、人間としての誇りを守り抜いた崇高なる姿勢であった。護国の鬼となり何一つの汚れも寄せ付けない両中尉に頭（こうべ）を垂れ、ご遺族の心身のより早く癒されんことを願ってやまない。民安かれ、国靖かれと願われるお二人に喜んで頂けるよう、私達も崇高なる目的に向かって精進出来るように、祈念するものである。世界平和は人類の願う処だ。が、個人の正義など、時の勢いには太刀打ちできないので、私は退会して熟慮の上、魂を慰めることを考えた。大いなるものに届くよう、己れの心を徹底的に洗い清めて、お写経（しゃきょう）に縋ったのである。これを四国八十八ヶ所の十九番札所、立江寺に奉納して供養させて頂いた。

すると、我が子の為にもこれほど祈った事があっただろうか、と、フッと思った。独身の長男の事が気になっていたので、続いて御本尊のお地蔵様へ（良い伴侶に恵まれますように）と、祈願させて頂いた。

間もなく、長男は十番札所切幡寺で働いていた女性と結ばれたのだ。両中尉殿は後に続いて、志を同じゅうする者を、導かれたのだと思い、私は心より感謝するのであった。生還者の方が、

「慰霊祭も慰霊碑を建てる事も大事、それでも英霊を忘れない事が一番大事」

と、言われた事、英霊に対して、

『これで良かっただろうか』

と、問いかけながら生きて来たと、言われた事を思い出した。

海の藻屑

晩年になっての、ある日、「僕は神仏に助けられた記憶がないから――」と、ただそれだけを言って、夫がそばに来て座った。

私のように手を合わせる気には、なれないと言いたかったのだろうか。キョトンとしたまま、健康に恵まれて、いま生きている事は合掌だけれど、と思うばかりで、この藪から棒の夫の言に返す言葉がなかった。

夫が神妙に、「神仏に助けられた覚えがない」と口にしたのは、一匹狼のように闘い抜いた果てに、（自分も神仏に助けてもらえるだろうか――）と、気力、体力の限界が言わせたのかもしれない。

平成十七年十一月二十一日、江田島、旧海軍兵学校（現海上自衛隊）へ見学に出かけた。神社で募集したツアーへ、友人と共に申し込んだ。

高校で三年間同じ組だった、友人の宝来さんのご主人は、奇しくもわが夫と同じ、七十五期生だった。

大講堂から生徒館、教育参考館と旧校舎に近づくにつれ、海兵の生徒が行き交う、六十年前が瞼に浮かぶようだった。そのとき、夫の若き息吹が国を護ろうとする決意と、こちらは家を守り、運命を受け入れようとした、私の結婚が一つに重なった。すると、夫が同志に感じられるのだった。

夫人の三鈴さんとは、三十年ぶりの同窓会で自分たちの夫が同期であることを知った。それ以来、来し方や近況を語り合った。ご主人や我が夫も、戦後の復興に当たり、燃えに燃えた年代である。これを支えようとする未熟な私は、子供たちを巻き添えにする始末だった。

ご主人を支えるには、人後に落ちない三鈴さんとは、互いの苦労話の中にも、夫を誇りに思うところを見せ合い、現実の励みにしてきた。

三鈴さんの弟さんが、このたび思い立たれた企画に、友人と共に私の従姉、さらには長男の嫁の両親にも、参加してもらうことができた。

私の喜びは大きく、たいへんなものだった。夫の遺影を抱いて、生徒館の前で記念写真を撮ってもらった時は、熱いものが込み上げてきた。

すると「軍神」という言葉がよぎった。瞬間だが、そのとき夫が「神」に感じられて、不思議に因縁が解けた気がした。また、祖父にたいへん可愛がられた従姉と共に、並び立つ教育参考館に入り、厳粛な気持ちで拝観した。

日露戦争にて活躍された、広瀬中佐の遺影と、見覚えのある筆跡の前に、私は立ち止まった。すると、中佐の呼ぶ声が、「杉野はいずこ！」と、聞こえてきた。又、我が名をだれ一人呼ぶ者もなく、広瀬中佐や、杉野兵曹長と共に、水漬屍となった数多の兵士を強く感じて、私は胸が痛くなった。その折、祖父が拝受した直筆には、

上福井丸再赴旅順港閉塞
七生報告　一死心堅　再期成功　含笑上船
広瀬武夫

その裏には

旅順港閉塞隊ニ附随シ
救助艇トシテ従事
第壱回　明治参拾七年弐月廿四日
第弐回　仝年　仝月　弐拾六日
第三回　仝年　五月三日
松垣清市
賜閉塞従事者

と記された額が、いつも祖父のいる部屋に飾られていた。

建物から出てくると、私は百年前の海戦から生還した気分になって、「海の藻屑となって、護っている英霊を忘れるな――」と、祖父に言い含められたような気持ちで深く首(こうべ)を垂れ、従姉と二人、教育参考館を後にした。

平成十七年は、記念となる日の多い年となった。日露戦争百年、大東亜戦争終結六十年、この節目に雲八幡宮秋永宮司さん引率のもとに、同行された方々の、素朴な善意、好意に包まれた。それは真に実り多く、おかげで身も心も満足させていただいた。亡き夫が「神」と感じられたほどに――。

私の独り言ではあるが、(出撃していった先輩を、徒死(むだじに)たらしめない責任を、貴方が貫けば、家族も口一文字で耐え抜き、貴方をこそ神と崇(あが)めたでしょう。とはいえ、互いに己れの業を負って歩むのが関の山でしたね……今も元気で居れば、生身の煩悩で小競合いは続いていたでしょうか。貴方が、「箍（たが）が外れたんだ」と言ったことを思い出すと、今なら精根尽きたのだと、その本音に気づき背中に回って擦ることもできるのに――）

不思議にも、生徒館の前に立った時、本当の夫に会えたような、岸壁で誰かを待っているように、白い制服の凛とした姿を観た思いだった。夫へやっと辿り着いた、そんな気分を味わいつつ、皆の後を追って桟橋へ急いだ。

後に続くを信ず

父が所属していた撃兵団のマニラ会がある。毎年佐賀の誕生院で慰霊祭が催されている。平成十四年九月六日、これに参列するのが目的の旅である。

入院している従兄弟の見舞いも出来るようにと、娘が手配してくれた切符は、博多を振り出しの九州入りとなった。

続いて熊本在住の友人に逢う為に上熊本へ向かう車中、何となくだった知覧（ちらん）へ気が逸ってきた。

だが抑え込む力が動き、知覧ではなく、かって亡き夫が居た江田島に寄ることにしようか……などと迷いもする。

駅へ早くから来て待っていたという友人に迎えられ、案内された立派な熊本城を見上げたとき、角砂糖のように、きれいに切り揃え、積み重ねられた石垣に心は貼りついた。石を切る人、運ぶ人、積み上げる人、築城に采配を振る人、これらの人々の姿が目に浮かび長い期間の地道な努力と、その貴さを思う。

お蔭で迷いは消えた。友人が「心に浮かんだことは実行した方が良いョ」との言葉が嬉しかった。

互いに幼い日の思い出や、六十五年の来し方を語り、次の課題は子供の自覚の問題で共鳴するのだった。

私は過分にもてなされ、知覧へ行って特攻兵士から託されたところを、しっかり受取って来るように、と言われている気がした。

今回は何故知覧なのかと思いつつ、別れ際、たとえ五十七年経っていても、友は零戦に乗った兵士を見送るように手を振る。

必ずこの期待に応えねばとそんな気持ちになって、私も見えなくなるまで手を振った。

西鹿児島からバスで知覧へ、末広旅館に一泊、翌朝頭をスッキリさせたくて美容院へ入る。

美容師「のぶさん」の戦時下体験は逗留してもっと聞きたかった。セットを済ませ、頂いた本〝知覧〟と可愛い押花絵のお礼をのべて、すぐ先にある「特攻の母・鳥浜トメ資料館」を尋ねた。

トメさんが祈りをこめたと言われる「富屋旅館」の観音様にも参らせていただく。

特攻兵士のために「皆のお母さんになりたかった、散っていった若者達を忘れてはならない」と伝え続けた。トメさんは親として、飛び立つ我が子への心情を思い、心打たれたのである。

私は五十七年の平和は誰に護られているのかを考えるのだった。とどめを刺した特攻兵士を初め、多くの英霊が人柱となったのだ。そして心ある生還者やトメさんのような方々が語り、供養し続けたお蔭の平和だと思った。

これからは国民こぞっての、意識に掛かっていると痛感するのである。

小さな国土であっても国難とあらば世界を相手に戦い、終盤特攻兵士や〝ひめゆり部隊〟をもって敵を震い上がらせたと言う。

また敗戦と同時に真心の天皇陛下の御決裁で、潔く鉾を納めた国民性はアジア諸国から称賛を浴びたと言う。

この精神力をもって戦後は経済復興に全力投球し、国際援助が出来るほどの大国となった。やり遂げたのである。

この自国を誇りとし、人格を育て研ぎ、国の内外に必要とされる人材をもって国力とする。それこそが次に成すべきことだと、しみじみ考える旅となったのである。

大事なことは、親を思い子を案じるように、博愛に貫くことである。今さらながら、母が私の初産の時、手伝っての帰りぎわ「大切に育てなさいね」と繰り返し言ったことを思いだす。

「あたり前ヨ」と私は単純に、応えた。

だが日本の次の課題はこれに尽きる。

人を大切に育てること。

特攻兵士の『後に続くを信ず』に応えるのはこれだ、と思った。

確認とるように、急ぎ資料館から持ち帰ったパンフレットに目をやると、兵士の笑顔が動いた。

私は笑顔の兵士一人一人を見て、泣けてしかたがなかったのである。

日本の将来に向けて、あるべき姿を知るために知覧へ招かれた気がする。

帰宅後の九月二十三日、世田谷特攻観音の慰霊祭へ思いがけず参列できた。

そこで、パンフレットに載っている「子犬を抱いた少年兵士」と同期だった方に、お話を伺えたことは誠に有難いご縁となったのである。合掌

防人

防人(さきもり)とは東北などから派遣されて、九州の大事な所を守った兵士。と、辞典に記されている。

私は二年続けて江田島旧海軍兵学校と、厳島(いつくしま)神社へ御縁を頂いた。一年目は平成十七年十一月、耶馬渓雲八幡宮主催の「かしわ手」巡拝旅行への参加であった。二年目は厳(いつく)

島神社へ写経を奉納する為である。それと、前年案内役を勤めて下さった隊員さんへ、その折の事を記した随筆を届けるつもりで持参した。

神社へ納経をすませて、翌日江田島に渡った。自衛隊の広報展示室で、新幹線の時間を気にしつつ、案内の順番を待った。

そんな私の為に上官の方が団体さんより一足先に、目的地へ案内するように若い自衛官へ指示して下さった。

私は数時間前、しがみつくような怖い思いをしたからか、この情が身に沁みるのだった。早速若い自衛官へ岸壁へと急いでもらった。

実は前年巡拝旅行から無事帰宅出来た事を、報告すべく仏壇の前に座った。その時、白い制服を着た若き日の夫が現われたのである。岸壁に立ってジッとこちらを見ている。

何故このような映像が仏壇の中から……と思って、すぐに運命鑑定してもらった。すると、思いがけない事を訊かされたのである。

「出撃して征った英霊の供養をと、御主人が石綿さんに頼んでいますョ」

と、いう事だった。更に、

「五十枚のお写経をして、厳島神社へ奉納すると良いですョ」

と、具体的に教えられて、私は大役を応せつかった思いになったのである。

敗戦当時二十歳だった夫は、出撃のため待機していて終戦となった。とはいえ生き残った夫は出撃した同胞に続いて征き、すでに、魂は海底に沈んでいたのだ。過去一斉を抹消したように語らなかった。その夫が戦後六十年経って、霊界から英霊の供養を託すのである。国破れし後、理念を切り替えなければ生き抜けなかった夫の苦悩が、やっと私にも分かり始めたのである。

　教わったお告げ通り五十枚に向けて写経を始めた。ところが、四十枚まで来ると力が入らなくなりお手上げとなった。見ていた長女が五人の子供達で手分けすればと、手を差し伸べてくれた。すぐに応えてくれた子供達から、孫まで加わってもらった事は感激この上なかった。

　何と、十枚の写経が届くと、私は力を注がれたように、又、十枚が書き足せて計六十枚用意出来たのである。ところが、写経を終えた私は体調を崩してしまった。夫が写経を待っていると思っていたので、年内に納めるべく娘に託そうとした。それが、娘も体調を崩し、二人で思案に暮れていると、突然娘が、

「そうか！　お父さんはお母さんを待っているのだワ、娘じゃないんだァ……」

と、はしゃぐように言って笑った。よく気付いてくれたとばかり、私も素直に悦んだ。するとみるみる身体が軽くなり、早速仕たくを始めたのである。

　使命感や義務感ばかりに気を入れてきた自分が、恋しい夫に逢いに行くような、初めての心境を味わう旅となった。

　さて、若い自衛官の後に続き、幻の夫が立っていた岸壁が見えてくると、私は胸が詰ってきた。雲が覆っていても朝からの雨は上がり、夫婦の障害は一掃されたように、清楚な

視界が広がったのである。

私は岸壁に立ち、亡き夫に向かうと、

「お写経を子供達にも手伝ってもらって、六十枚を厳島神社へ納めて参りました。安心して下さい」

と、報告し肩の荷を降ろした。

実は、前日泊まった呉のホテルで、真夜中、悍ましい悪夢におそわれたのである。何体もの霊に締めつけられ、金縛りにされたその息苦しさは死の恐怖だった。心臓発作かと思って、どうでも東京駅までは辿り着きたいと念じた。

踠く中で江田島行きは諦めて、早朝に帰ることにしたのである。すると、いつしか眠りに入っていた。

朝は恐る恐る身仕たくをすませ、朝食に行けた。普通に食事が取れたのである。前方から同年輩に見える婦人が近づいて来て、

「髪の色とセーターの色が良く似合って、ペンダントも素敵、魅力的ですョ」

と、褒めて行かれた。

「これは、主人に買ってもらったものなのです」

と、言った途端、私は元気百倍になった。すると、急に夫へ見せたくなって不思議なほど、江田島へと、気持ちが弾んだのである。

後にあの悪夢は何だったのかを考える。そして、己れの誠を英霊に試されたのではない

か、兵士は戦場であれほど踠き苦しんで沈んでいったのだ。その兵士と同じ断末魔を体験させられたのでは……と。

　私の父はルソン島で、義兄はビルマで戦死。異国の露と消えた。各々己れの信ずる処は頑として替えなかった。そんな自分達夫婦の障害は、この草むす屍、水く屍の仕業だったのでは、と、そんな気がした。

　外へ出ると雨になっていた。リュックに傘を差し込んでいたので、ホテルから出て来た男性に、

「傘を取って頂けませんか」

と、傘を持っていない様子のこの方へ頼んだ。急ごしらえの二人連れとなり、目の前の駅まで相合傘で走った。

　随分経ってから、悪夢、ペンダント、傘、この三つの関係を英霊の成せる業では……と思った。英霊は私の真実を試し、夫はペンダントを付けて嬉しいかと念を押した。私は婦人に褒められて喜び、夫に見せたいと思った。

　そんな私を夫が迎えに来たのだ。傘を取り出してもらったので、この方へ、

「頭だけでも入って下さい、どうぞ」

「有り難うございます。僕が持ちましょう」

と、傘を差しかけてもらった。あの方は夫だったのだ――と、今もそう思っている。大役を果たして帰る道々、可愛い十五歳の自衛官より、頼もしい事を訊かせて頂いた。

「自衛隊は戦闘が第一目的ではなく、どのような外敵からも、国を守る事が目的の機関ですから、その為の備えとなる教育を受けています」

と、そして、

「備えていれば、外敵への抑止力になりますので」

と、この言葉に、私は少年自衛官の顔を見直した。

「大事な処ね。それは自覚ね」

自覚こそ聡明叡智と考える私である。

「お身内に海軍へ関係ある方がおられるの」

と、伺ってみた。良く聞いてくれましたとばかりに、胸を張って、

「ハイ、お祖父さんが機関長だったのです」

「アー、その志を継いだのね、有り難いわ。日本を守って下さい、お願いします」

と、言うと、

「そんなに言ってもらって、嬉しいです」

と、可愛く微笑んだ。十五歳といえども、任務についている姿は、凛としていじらしい。

別れ際少年防人さんへ敬礼！

朝方のひどい雨には出鼻を挫かれたが、諦めず『江田島行き』へ、乗船して良かった。

常に貴いものを求めて来た私は、更にと励まされて、帰路につく事が出来たのである。

さて、十年後の平成二十六年、中学二年生の孫娘が、母親の買って来たＤＶＤ戦記物語、

『永遠の0』を二十回近くも鑑賞に耽（ふけ）った。続いてこの本も求めて繰り返し読み、夏休みの宿題である、読書感想文にしていた。

こういう人々、こんな時代があった事を皆に知ってほしかった由。私は孫娘の気持ちが嬉しくて目頭（めがしら）が熱くなるのだった。

そして、兵士の書き残した「後（あと）に続くを信ず」が、浮かんできたのである。

未来へ

（石綿珠子）※中学二年生時の読書感想文に加筆

私は「永遠の0（ゼロ）」を読んで、その感想文をここに書くことにする。この本は、題名に0とあるように、一人の零戦パイロットの話である。

司法試験に落ち続け、進路に迷う健太郎は祖母の葬儀の後、驚くべき事実を知らされる。実は、自分と祖父・賢一郎は血のつながりがなく、血縁上のもう一人の祖父がいるというのだ。彼の名前は宮部久蔵。六十年前の太平洋戦争で零戦パイロットとして戦い、終戦間近の特攻出撃で帰らぬ人となっていた。

姉の慶子と共に宮部の事を調べる健太郎だったが、そこで聞いた彼の人物評は、臆病者などの酷い内容だった。天才パイロットでいながら、敵を撃墜することよりも、家族の元へ「生きて帰る」ことにこだわった祖父。何故彼は自ら死の道を選んだのだろうか。

特攻とは特別攻撃隊の略称であり、ほぼ生還の見込みのない決死の攻撃、又は戦死を前提とする必死の攻撃を行う部隊戦術のことである。この作品の中で言う特攻とは零戦などの戦闘機で敵艦に突っ込む航空特攻と呼ばれるものである。

私はこの本を読んで疑問に思ったことがある。何故宮部さんは特攻に行ったのか。彼はいつも「家族の元に生きて帰りたい」と言っていた。そして、たとえ周りから臆病者と呼ばれようとその言葉を貫いた。そんな人が何故「十死零生」の特攻に行ったのだろうか。

宮部さんは、一旦内地に戻り教官をしていた。その時、彼が教えていたのは、特攻要員として学徒出陣で集められた大学生達だった。いくら戦局が悪化しているとはいえ、これからの日本を担う若者達を、特攻隊員として育て上げなければいけないことに、宮部さんは苦悩していた。しかし、次々と特攻隊は送り出されていった。

そして、宮部さんも九州の鹿屋(かのや)基地で、特攻の直掩の任務についていた。この任務は、特攻機を敵艦近くまで誘導するというものである。だがこの時、アメリカ軍の特攻隊に対する防御はほぼ完全なものになっていた。敵艦付近の上空には、数十機の戦闘機が待ち構えており、この攻撃をかいくぐった先には、すさまじい対空砲火が待っていた。多くの特攻機は、敵艦にたどり着く前に墜ちていったのである。宮部さんの任務はまるで、教え子達を死に追いやっているようなものだった。そして、宮部さんから「生きて帰りたい」という願望は消え去った。彼は教え子が次々に死んでいく中で、自分だけが生き残っていることが耐えられなかったのだろう。だから宮部さんは特攻に行ったのだと思った。

もう一つ疑問がある。宮部さんは出撃の日、まるで家族の元にやっと帰れるような、そんな表情をして行ったという。何故、死にに行くのにそんな顔をして行けたのだろうか。彼は、出撃する前にある予備士官と飛行機の交換をしていた。その予備士官は宮部さんの教え子で、偶然同じ日に特攻出撃することになったのだ。そして、何と宮部さんと交換した機に乗っていたその人は、エンジン不調で不時着し、生き残ったのである。その人の名前は大石賢一郎。健太郎の祖父である。

不時着した時彼は、操縦席で一枚の手紙を見つけた。「もし、大石少尉がこの戦争で運良く生き残ったら、お願いがあります。私の家族が路頭に迷い、苦しんでいたなら助けて欲しい」と。宮部さんは大石さんを見た時、運命を感じたのだと思う。そして、彼に自分の家族を託すとメモを残した。宮部さんは、行く前に大石さんに全てを託すことができたから、安心した面持ちで特攻に行けたのだと思う。

私が今回、この本を読んだのは、主人公が臆病者と呼ばれたパイロットだったからである。私の曽祖父は、フィリピンのルソン島で戦死したという。私は小さい頃から、祖母や母が特攻兵士の話をしているのを聞いていた。だが私は、国のためにと死ねる彼らの存在が信じられず、神様みたいな人だなぁ、と何か近寄り難いイメージをいだいていた。しかしこの宮部さんという人物は、「生きて帰りたい」と言い続けた人だったので、人間らしい所もあったのだ、と少しほっとした。それは、私が遺書の内容を聞く度に、本当にこう思っていたのだろうか、本当は悲しいとか寂しいとか思っていたのではないだろうかと考えていたからである。だから、「生きて帰りたい」と言っていたことに、安心したのだ。

私は、この本を私と同年代の人達にもっと読んでほしいと思っている。私達の世代は戦争のことを多く知らない。そして今、実際戦争に行った人や、戦争を見てきた人がどんどん少なくなっている。だからこそ、今私達がこの事を知り、またそれを後世に伝えていけるようにしなくてはならないと感じている。

二十歳になった今、私達が中心となって伝えてゆこうと心に決めた。

知覧にて

（石綿あつこ）

平成十四年十月二十三日、羽田を発つ時は灰色の雲に覆われていた空が、ここ鹿児島空港では快晴だった。

私は高速バスで、知覧へ向かった。知覧は薩摩半島の南端に位置し、江戸時代は島津公の城下町の一つであった。当時の武家屋敷は今も大切に保存されていて、街並みの美しい文化と歴史が豊かに残された土地である。大東亜戦争末期は、陸軍特別攻撃隊の航空基地本部として、多くの特攻兵士が、沖縄へ向けて飛び立った場所であった。

終点に着くと、そのままバスを乗り継いで丘の上にある特攻平和会館へ行った。平日の午後で、人影の疎（まばら）な観光地を想像していたが、大型バスが何台も横付けされ、学生や老人会、家族連れなどで、たいへんな賑わいであった。少し圧倒され、すぐには平和会館に入れず、奥にある特攻観音堂へ、先に足を運んだ。ここには、夢違い観音像が、特攻観音として祀られている。こちらも、献花や線香は絶えず人々が手を合わせていた。

思えば、遠くに来たものだ。切っ掛けは、九月に知覧へ参詣した母からの勧めであった。私は殊更に、戦時中の話を聞いて育ったのではない。先祖や英霊の供養を、真面目に務めてきた母の、うしろ姿を見て自然に大切なことだと思うようになった。気がつくと、後に続いていたのである。私も、観音堂での参拝をすませて、平和会館へ入った。

館内は、特攻兵士の血書や出撃前の寄せ書きを見ているうちに、閑散としてきた。第一コーナーの正面には、実物の戦闘機「飛燕（ひえん）」が展示されている。二百五十キロの爆弾と、同量の燃料をかかえて行くのだから、軽装備といっても、見上げるほどである。

知覧から沖縄まで、航空距離六百五十キロ、航空時間二時間。目指す海域に結集した敵艦隊の中に、撃沈すべき船艦を発見すれば、機首を、三十度から四十度の角度に傾け、最高速度で急降下するそうだ。このとき、決して眼を閉じるな、と指導されている。全速力で急降下すれば、機体に浮力が生じて、一直線にぶつかることができない。浮き上がろうとする機体を、抑えに抑えて、眼前の艦を凝視し、一気に突入する。この方法が、最大の攻撃成果を出すことになる、と図解と共に戦闘方法が記されていた。ある特攻兵士が、家族に書き送った遺書の中で、「母さん、私の骨も肉も、何も残らないのですよ」と言っている。

淡々と書かれている文章が、胸を締めつけて、溢れる涙を止めることはできなかった。その日の数時間で、館内を見終えるはずはなく、次の日も終日、兵士たちの遺影や遺書を読みながら過ごした。

まぶしいほどに明るい、兵士たちの笑顔が瞼に焼きついた。故郷で待つ父母や、兄弟姉妹、妻子への愛惜の情は、行間から迸り出ている。悲壮な決意には、ことばもない。しかし、だれの遺書も、澄んだ明るさで、締め括られていた。

「ほがらか隊」と呼ばれた少年飛行兵の部隊があった。少年兵の笑顔が、心からのものであることは、出撃の朝の、最期の写真に現れている。「今」を生きたその姿に、厳かなるものを感じて、神となった兵士たちに、私は手を合わせていた。

知覧を去る日、もう一度、特攻観音に参詣するため、まだ明けやらぬ空を見上げながら一人、丘の上を目指して歩いて行った。参道に入ると、道路の両脇に灯籠が建っている。これは、観音堂に至るまで、一〇三六基建立される予定だそうだ。それは、飛び立って征った兵士の数である。ちょうど、町の婦人たちが献花用の菊を盛り、きれいに掃除をすませていた。私は、観音堂と鎮魂社に、各々菊を供え、線香を立てた。明るく静かな朝であった。

この三日間、万感の思いを込めて、観音経をあげた。一語一句、真言を刻み込むように声明した。それが、私から、余計なものを剥ぎ取り、澄んだ感性となったのであろうか。顔を上げると、整然と並んだ幾十基もの灯籠が、今まさに、出撃するため整列している兵士たちのように見えた。そこに、朝陽が射し込み、灯籠がキラキラと輝き出して、一瞬全員が、敬礼したように感じた。

そうか、こんな日の朝、すべてを超越して飛び立って征ったのか。そのときまでに、苦しみ、怒り、恐れ、踠き抜いて、永遠の生命を掴んだのだ。知覧を訪れる人が絶えないのは、兵士たちの潔さに、私たちもまた、浄化されるからだ、とわかった。

最高の笑顔を残して出撃した英霊から、私たちは、厳粛なる恩寵をいただいて生きているのだ。

知覧への旅は、特攻兵士の尊さに、気づかせてもらえた観音巡礼となったのである。

四十代を迎えて一年めの、秋のことであった。

遥か虹の彼方より

（石綿あつこ）

ルソン島・サラクサク峠――。母と二人の伯父が、ＰＩＣ（比島戦跡訪問団）に参加して祖父終焉の地を訪ねたのは、四年前のことだ。のちに、孫の私が、この慰霊巡拝に参加することになるとは、思いもよらぬことであった。

平成十五年三月二十日、奇しくも米国がバクダット空爆を開始した日に、私たちはルソン島に向けて出発した。

翌朝、ＰＩＣ事務局の倉津さんから、鳥取バレテ会の山本団長を、ご紹介いただいた。背筋をまっすぐ伸ばされ、一徹なご様子は、巡拝団団長としての決意と責任を感じておられるお姿だった。見回すと、八十代の矍鑠（かくしゃく）たる生還者をはじめ、遺族・戦友総勢十六名の一行で、今回、私はこの方々と、行動を共にすることとなった。

激しい戦闘のあった峠、森や海岸で、素朴ではあるが、皆の心の籠った供養が行われた。一同、静かに御霊（みたま）に手を合わせ、黙祷する方、語りかける方、山に向かって呼びかける方――。肉親や同胞へ、それぞれの切なる思いが、祈りとなって届くのだろう。

以前、ある生還者の方が、亡き戦友の事を偲び、比島（フィリピン）の峠に立つたび、

「これでよかっただろうか。これで、許してもらえるだろうか」

と、問いかけていたと、母から聞いた。この言葉は、私の胸を打ち、心に深く刻まれた。生還者のみならず、人生を真摯に生きようとする者として、最も謙虚な姿勢だと思ったのだ。

巡拝三日め、サラクサクに行く日は、未明より激しい雨が降り、ジプニーに乗っても、まだ小雨模様だった。そのような道中、前の日のバレテ峠で、団長が読み上げられた慰霊のお言葉が、ずっと胸に響いていた。

しかし、サラクサクの峠に立った時、私は「二十一世紀が始まって三年になります。今こそ、私たち日本人の誇りと叡智を、思い出させてください」と、招魂の言葉を発していた。

慰霊祭のあと、マリコ村落の皆様との楽しいひとときも過ぎ、ジプニーに揺られながら、峠沿いの山路を帰路に就いた。右に左に、山の頂や急峻な尾根、深い谷間が現れる。「このような場所で戦い、敗退していったのか」と思ううち、胸の中でフツフツと湧き上がる念いが、いつの間にか言葉となっていた。

「こんな所で、草叢す屍となって、眠っていないで、私と一緒に帰ってください！　今を生きる私たちを助けてください！　亡霊のまま戻って来るのではなく、雄々しく力強く、聖い志をもって、祖国を出発したそのときの姿で、日本に帰って来てください。そして、あなた方の子孫を揺さぶり起こし、この魂の戦いに、今度こそ、勝たせてください！」

私の中から迸り出た祈りが、私自身を励まし、勇気づけた。すると、確かに、何ともいえず温かく、大きな腕に抱き取られたように感じた。

その間も、空は灰色に曇ったままで、薄暮のような光の中を、ジプニーは下って行くのだった。

「虹やが。虹が見えるワ」

その声で皆、一斉に窓の外を見た。霧雨に煙ったような遠くの峰々に、今、まさに、虹が掛かり始めている。車を止めて、道端の崖の上から眺めていると、少しずつ太く、色濃く、伸びやかに広がり始めた。その虹は、初々しい若者のようだった。

そのとき、密林の中から、谷間から、山々の尾根から、英霊が立ち上がり、続々と虹を渡ってゆくのが観えたのだ。力強く、祖国を目指して帰って行く姿を、私の魂がとらえた。

虹を見つめながら、私は、静かに、潮が満ちてくるような安堵と喜びに、満たされていった。


帰国の日、遺族として、初めて参加された林さんが、別れの際、

「石綿さん、ワシは自信がついた。あんたのような若い人が、こうして巡拝しとる姿を見て、ワシも、子供や孫らに話してやれる、思うてな」

と、沁み入るような笑顔で、私の手を握り返した。

この言葉が、家で、私の無事を祈りながら、待っていてくれた母への、何よりの報謝となったのだ。

あとがき

私は「日本随筆家協会」に所属していたころ、忙しい日々を過ごしていた。ほかの人たちとの接触は、毎年の受賞式に出席する以外はほとんどなかった。ただ神尾編集長とは銀座の事務所で世間話や教えをいただくことぐらいであった。「日本随筆家協会」「架け橋」にての石綿さんの実力ある筆力には、現在、私もお世話になっている「架け橋」の主宰、二ノ宮一雄氏が「まえがき」でお書きになっておられるので割愛させていただく。彼女を意識したのは、当時「日本随筆家協会」では、季節の恒例として小さな遊宴会（さくら、梅など見る会など）があり、着飾った女性軍が賑わい、そのうちの一人の女性が、チャンスとばかり編集長に近寄り、熱心に質疑応答を求めていた。神尾編集長は大らかで丁寧にお答えしておられ、女性は教えを逃すまいと聞き耳を立てている姿に私は感銘を受けた。「あの女性はどなた?」他の女性に尋ねると「石綿美代子さんです」と答えが返ってきた。その日以来彼女の作品を注視拝見し、「なるほど」とその筆力に頷き、見習うべきこともしばしばあった。或る時は「あるがままの自分で何が悪い?」と、開き直ったような作品にぶつかったような気もするが、彼女は正直で自分の欠点を知っていながら、できたらあるがままより少しはましになりたいと、女性らしい考えを胸に秘めているところもある。しかも、常に己を向上させようと意気込む姿。昔、米沢藩主上杉鷹山の師として歴史に名を残した細井青洲の教え「学（ガク）、思（シ）、行相須（コウアイマ）ツ」（学び、考え、実行する）と言う教えを石綿さんは最大限に活用、じっくり腰を据え日ごと懸命に随筆を書き続けておられる姿に兜を脱ぐ。私はすでに老耄の身であるが、互いに切磋琢磨して、今回上梓された石綿美代子さんの価値ある作品に劣らずペンを持ち続けたいと思っている。

田口　兵（文芸家の会「架け橋」同輩）

著者プロフィール

石綿 美代子（いしわた みよこ）

昭和13年1月25日　北九州市八幡東区に生まれる
昭和19年　大分県中津市に疎開
昭和25年　中津市立南部小学校卒業
昭和28年　中津市立城南中学校卒業
昭和31年　大分県立中津北高校卒業
昭和35年　結婚　2女3男の母　専業主婦
平成10年　「法を越えてゆく」近代文芸社、初版
令和２年　「一条の光」タマプリント、初版
令和４年　「法を越えてゆく」文芸社

カバー作成協力：(株) タマプリント

一条の光

2022年９月15日　初版第１刷発行
2023年12月25日　初版第２刷発行

著　者　石綿 美代子
発行者　瓜谷 綱延
発行所　株式会社文芸社
〒160-0022　東京都新宿区新宿1－10－1
電話　03-5369-3060（代表）
03-5369-2299（販売）

印　刷　株式会社文芸社
製本所　株式会社MOTOMURA

ISBN978-4-286-23870-8　　JASRAC　出2204998－201